www.loqueleo.santillana.com

2016, Santillana Infantil y Juvenil, S. L.
Avenida de los Artesanos, 6. 28760 Tres Cantos (Madrid)
Teléfono: 91 744 90 60

ISBN: 978-84-9122-018-3
Depósito legal: M-37.574-2015
Printed in Spain - Impreso en España

Primera edición: febrero de 2016

Directora de la colección:
Maite Malagón
Editora ejecutiva:
Yolanda Caja
Dirección de arte:
José Crespo y Rosa Marín
Proyecto gráfico:
Marisol del Burgo, Rubén Chumillas, Julia Ortega y Álvaro Recuenco

Ruedas y el enigma del Campamento Moco Tendido

Guillermo Fesser

Ilustraciones de Víctor Monigote

loqueleo

Hola, soy Ruedas. ¡Schsssssss! No digas nada porque todavía no me toca aparecer en la historia, pero me he colado para contarte un secreto enorme: este libro está lleno de imágenes interactivas. Dibujos que contienen información supersecretísima. Tú los ves y parecen dibujos normales pero... ¡qué va! Les han metido dentro, a presión, juegos y adivinanzas. Para descubrirlos necesitas un teléfono móvil con conexión de datos. Wi-fi, 3G o algo de eso. Visita m.clic2c.com con tu móvil y descarga la aplicación.
Busca en el libro las ilustraciones que tengan al lado esta marca.
T RUEINFO

Abre la aplicación y coloca tu móvil en paralelo al dibujo. Como a unos diez centímetros o por ahí de distancia y...¡magia!, te saldrá la información secreta. Si no funciona, haz una foto desde la aplicación. Si tampoco funciona, vaya, vaya, debes usar TEXT2C escribiendo y enviando la palabra clave en el lugar indicado en la pantalla. RUEINFO

A Julia Fesser y Beatriz Fora,
fuentes de inspiración de esta historia,
con todo mi cariño.

1

El semáforo se puso en rojo. El muñequito se puso en verde. Ruedas miró a ambos lados de la calle y comprobó que no se acercaba ningún coche. Nada por aquí. Nada por allá. Podía cruzar con tranquilidad. Estupendo. Fenómeno. Mejor así porque siempre le rondaba el temor de que algún motorista loco no viese a su perrillo y se lo llevase por delante. Volvía de darle un paseo a Raulito; un beagle pequeño y juguetón que era puro músculo. Y muy inquieto. Como un rabo de lagartija. Cada vez que lo sacaba a la calle, Raulito pegaba la nariz al suelo y se pasaba el día siguiendo rastros. Persiguiendo olores.

Corre que te corre. A veces tiraba tan fuerte de la correa que la silla de ruedas volaba sobre la acera y a su dueña le daba la impresión de estar practicando esquí acuático.

—Alto, Raulito —le dijo al llegar al cruce. Y Raulito se detuvo obediente—. Está bien, podemos cruzar. Ya estamos en casa.

Y entonces el perro arrancó al galope y se soltó de la cadena. «¡Eh!», le gritó la niña, pero Raulito ya no la oía. Soñaba con el pienso que siempre le aguardaba en su plato al regresar de una caminata. Y de un respingo atravesó el asfalto y desapareció por el portal.

Ruedas impulsó su silla con las manos y avanzó canturreando su canción favorita: «Rodando voy *paquííííííííí*, rodando voy *palláááááááá*, pa qué ir andando si con dos ruedas se corre mááááás...». Y de pronto, cuando apenas le faltaban un par de metros para alcanzar con tranquilidad la otra acera, la sorprendió el rugido de un potente motor que se le echaba peligrosamente encima. ¡Aaaaaaaaaaaaaaaaaaaaah!, gritó la niña despavorida al escuchar el crujido de los neumáticos del vehículo derritiéndose contra el pavimento camino del inevitable impacto.

El tremendo accidente ocurrió uno de esos días en los que en Segovia, si no miras el calendario, no puedes estar seguro de si todavía es primavera o de si ya ha comenzado el verano. Cuando por las mañanas ya apetece ponerse el bañador y zambullirse en el río pero el viento del atardecer aún trae olor a tormenta y aconseja ponerse una rebeca. Brrr. En uno de esos días de transición entre dos estaciones del año que siempre resultan confusos y difíciles de identificar. Porque lo que ocurre es que las condiciones climáticas no cambian de golpe y porrazo. No. Cuando se juntan, como la mayoría de las cosas en la vida, se mezclan un poco y resulta complicado encontrar la línea divisoria.

Yo le he dado muchas vueltas al coco intentando descubrir si el día del tremebundo atropello aún estábamos en primavera o si ya había arrancado el verano. No te creas que no. Mi nombre es Anizeto Calzeta, detective privado de profesión y, aunque a mí me falte el pelo, me sobra dedicación. Y me dedico a investigar. Porque me gusta. Es mi trabajo y mi pasión. Pero es complejo. Enrevesado. Arduo. Lioso. Peliagudo. No es tarea nada fácil diferenciar entre dos cosas en la parte en que se juntan. Te lo aseguro, cara de canguro. ¿O es que tú serías capaz de señalar el punto exacto donde termina la espalda y empieza el trasero? Es imposible.

Unos te dirán que más arriba, otros que un poquito más abajo... Cada persona te va a apuntar a un sitio distinto. Es así. A ver quién es el listo o la lista que puede precisar, sin temor a equivocarse, el momento exacto en que se acaba el día y empieza la noche. O marcar en la arena con un palo la raya donde termina el mar y comienza la playa. Yo, desde luego, ya te confieso que no sería capaz. Y por ese mismísimo motivo, lo que ocurre es que no te puedo precisar la fecha en que a Ruedas se le echó el coche encima. ¡Madre mía!

Ahora bien, lo que sí he podido deducir es que el accidente se produjo en el mes de junio. Eso te lo puedo confirmar con total seguridad. Sin miedo a equivocarme. Poniendo la mano en el fuego. Y te detallaré aún más: tuvo que suceder en torno a la tercera semana del mes. Día más, día menos.

¿Por qué? Pues porque el día 21 de junio es cuando la primavera se despide de nosotros cada año, hasta luego, cara de huevo, y nos saluda de nuevo el verano, hola, qué pasa, cara de guasa. Te has quedado impresionado con mi averiguación, ¿verdad? Pues eso no es nada, ya verás.

Total, que aquella mañana soleada de finales del mes de junio, Ruedas cruzaba tan tranquila por el paso de cebra que hay enfrente de la Casa del chaflán. Del edificio ese que no tiene esquina. Del inmueble al que le han cortado un pico para colocar en medio el portal en donde, precisamente, he instalado yo mi oficina. Ahí mismito, en la buhardilla del tercer piso, me puedes encontrar si necesitas ayuda profesional para resolver un caso peliagudo. Porque déjame decirte que, aunque yo tenga cara de huevo, soy un hombre inteligente y grandes casos resuelvo. Vivo en un apartamento humilde, eso sí, ya te lo advierto, pero es bastante confortable. Tengo una mantita escocesa de lana para ver calentito en el sofá la televisión. Una gozada. Pero poco más, ¿eh? ¿Qué esperabas? Cuando uno es el detective más barato del mundo, obviamente no puede ganar mucha tela. Así que mi cuenta corriente está temblando en el banco. Tiritando. Casi hueca, como las muelas picadas. Pero no me importa. Lo que ocurre es que en la vida hay que tomar decisiones y yo he escogido ponerme un sueldo modesto, unas tarifas asequibles, para que todo el que necesite mis servicios me pueda contratar. De este modo gano menos plata, es cierto; pero también conozco a más gente.

Mi padre, que era taxista y amante del membrillo, me decía que el trabajo más interesante no es el que proporciona más ingresos, sino el que más te ayuda a mejorar la vida de tus vecinos. Ya ves tú las cosas que me decía mi padre. Podría haberme dicho otras, como por ejemplo: «Anizeto, majete, mira, te he comprado una moto como premio por haber sacado buenas notas». Pero no. Él decía lo de ayudar a los vecinos y eso. Así que yo, por si las moscas moscones puesto que creo en las tradiciones, intento seguir los pasos de mi predecesor en lo que buenamente puedo. Y, de momento, he podido comprobar con orgullo que llevaba muchísima razón al menos en una cosa: ¡el membrillo está de muerte! Cortado en lonchas finitas y con queso blanco encima, se te deshace en la boca. Y, además, no es muy caro. ¡Ay, qué rico está el membrillo, por favor!

Caramba, perdona que me haya enrollado otra vez, cara de pez. Supongo que estarás deseando saber lo que ocurrió en Segovia aquella mañana soleada. Ay, ay, ay. Lo que ocurre es que yo preferiría no acordarme. Se me ponen los pelos del bigote crespos. Rizados. Como muelles, al recordarlo. Se me saltan lagrimones del tamaño de melones. Pero tengo que narrarte la historia, o sea que allá voy. Regreso al día del accidente. Me sitúo de nuevo en el cruce que hay enfrente de la Casa del chaflán. Mi casa. Tu casa. Y la de mi querida ayudante Candela Mosto, la niña de once años que vive en el primer piso y a la que... Y a la que... Perdona, pero cada vez que lo recuerdo se me inundan los ojos de agua salada. Ay. ¡Prepárate para el sobresalto!

El semáforo cambió a rojo y el muñequito verde echó a caminar despacio sobre su pantalla de puntitos. 20, 19, 18..., empezaba la cuenta atrás para cruzar a salvo. Ruedas miró con precaución a ambos lados de la calle y no detectó ningún peligro. Raulito pegó un tirón que liberó la correa de la mano de su dueña y desapareció a la carrera por el hueco del portal. Ruedas avanzó canturreando: «Rodando voy *paquííííííí...*». 14, 13, 12... «Rodando voy *palláááááá...*». Iba tranquila. Le daba tiempo de sobra. Y de pronto, 9, 8, 7..., justo al dejar atrás el primer carril de coches de la calle, el rugido de un potente motor la pilló por sorpresa y le hizo girar la cabeza hacia la derecha. ¿De dónde diantres salía aquel coche? «¡¡¡¡Aaaaaaaaaaaaaaaaaaaaaaah!!!!», gritó despavorida Ruedas. Bloqueados por los frenos, los neumáticos delanteros del vehículo agresor untaron como mantequilla su goma en el asfalto dibujando dos paralelas negras sobre el pavimento. Candela se llevó las manos al rostro para no verlo. Esperaba lo peor. 3, 2, 1... ¡Cero! Pero el espeluznante chirrido cesó de pronto y la calle se sumió en el más profundo de los silencios. Bueno, casi. Solo se escuchaba el leve zumbido de un motor al ralentí.

Ruedas levantó los párpados y, por el rabillo del ojo, observó que el vehículo agresor se había quedado clavado a menos de un milímetro de distancia de su silla. A una micra. Entre ella y el coche solo sobraba el espacio suficiente para que pasase una pulga. Y de perfil. No te exagero.

A partir de ahí, los acontecimientos transcurrieron como si hubieran sido filmados a cámara lenta. Tras el primer suspiro, Ruedas pudo ver que se trataba de un coche de superlujo: descapotable, rojo y muy moderno. Y luego, al alzar un poco la vista, comprobó estupefacta que sus ocupantes eran dos señoras mayores. Dos ancianas menudas con los pelos de punta; no sabría decirte muy bien si a consecuencia del susto o debido a que, al no llevar capota, el viento les había removido el peinado. Pero el caso es que ambas la observaban boquiabiertas. Patidifusas. Impactadas y ojipláticas. Y así permanecieron un buen rato hasta que la que hacía de conductora, tal vez aliviada por haber conseguido evitar por los pelos la catástrofe, relajó el rostro. Lo que ocurre, y esto ya es deducción detectivesca posterior mía, es que la abuela debió de relajar también el pie y soltó el pedal del freno. ¡Ay, madre!...

El automóvil brincó con furia hacia delante. Medio metro. Lo justo para embestirle a Ruedas con la furia de un toro bravo antes de calarse definitivamente. La niña salió proyectada como una bala de cañón. Y la silla, recién comprada, nuevecita, se arañaba echando chispas contra el bordillo al arrastrarse veloz por la calzada. Era el final.

ANBRAZOS

La hecatombe. De una cosa tan tremenda no se salva nadie. No hay cuerpo humano que resista una caída desde tan alto. Pero... la fortuna quiso que yo saliese en ese mismo instante por el portal de la Casa del chaflán y me coscara del problema. Escuché el impacto, vi volar a Ruedas y, en un pispás, até cabos. Tengo que salvarla, me dije, y reaccioné a toda pastilla. Tomé aire y corrí como un hipopótamo africano hacia el bordillo de la acera. Con los brazos extendidos y la mirada fija en mi asistente, que en esos momentos daba vueltas de campana por el firmamento. Involuntariamente, sí, pero con una elegancia sorprendente. Si se me permite la comparación, parecía que buceaba en el cielo. Que ejecutaba figuras acrobáticas en el aire. Ejercicios gimnásticos de gran dificultad que, al tratarse de una campeona de baloncesto y gran deportista, le salían con una naturalidad pasmosa. Triple mortal, como los saltadores de trampolín. Doble tirabuzón, como las nadadoras de sincronizada en el agua. La postura del ángel, como los paracaidistas en caída libre. Si llega a haber en ese instante un juez deportivo en la calle, le habría concedido la máxima calificación deportiva. Nuevo récord del mundo.

Porque no se había visto nada igual desde que la niña Nadia Comaneci consiguiera el primer 10 perfecto de la historia en los Juegos Olímpicos.

Lo que ocurre es que yo no estaba allí para aplaudir la sincronización de sus movimientos, sino para intentar que no se espachurrase contra los adoquines de la acera. Una misión mucho más arriesgada. Y compleja, porque al moverse tanto en su vuelo, yo no atinaba a adivinar dónde diantres iba a producirse el aterrizaje. Así que Ruedas venga a hacer piruetas en el espacio como una astronauta, y yo venga a seguir su trayectoria pegando zancadas en tierra como un hipopótamo. Sí, sí, has leído bien: como un gran cerdo acuático. Porque aunque veas a los hipopótamos gorditos y rechonchos, estas

ballenas con patas corren que se las pelan. Bastante más rápido que los humanos. Pero muchísimo más. Ya te digo. Para que no te olvides nunca de que la apariencia engaña, cara de legaña.

Ruedas llegó a ascender tan alto en el cielo a consecuencia del impacto, que pensé que se iba a salir de la atmósfera y a entrar en órbita alrededor de la Tierra. Que iba a empezar a dar vueltas a nuestro planeta como los satélites. Cada noventa minutos una vuelta. Como las naves espaciales: a 27.400 kilómetros por hora. Ya me veía teniendo que comunicarme con ella a través de la torre de control del aeropuerto con ese lenguaje lleno de palabrejas raras que se han inventado los aviadores. ¿Romeo Uniform Echo Delta Alfa Sierra? Delta India Mike Echo. ¿Kilo Tango Alfa Lima? Bravo India Echo November. ¿Yankee Tango Uniform, Charlie Alfa Romeo Alfa Delta Echo Hotel Uniform Echo Víctor Óscar? ATENCIÓN, CÓDIGO SECRETO SECRETÍSIMO*.

El caso es que Ruedas subió, subió y subió... hasta que por fin se detuvo un instante en el vacío e inició el descenso. En picado. En caída libre. Bajaba, bajaba, bajaba... Y yo a la carrera con los brazos extendidos para recogerla al vuelo. No podía fallar. La vi venir y calculé el lugar en que impactaría. Aquí vas a posarte, me dije, justo a mi derecha.

* Si quieres descifrar el código secreto del Alfabeto Radiofónico que he utilizado aquí, solo tienes que quedarte con la primera letra de cada palabra. Es lo que hacen los pilotos de los aviones.

Y me paré en seco para recibirla pero cambió su rumbo en el aire un poco hacia la izquierda. Giré y di un paso atrás para recolocarme pero otra vez volvió a variar la inclinación de la caída. Tres pasos para delante y, caramba, de nuevo la misma historia. Qué sofoco. Qué agobio. Qué ahogo. A punto estuvieron de estallarme los nervios cuando, de pronto, Ruedas aterrizó en mis brazos. ¡Salvada! No sé ni cómo logré atraparla pero lo conseguí. Nos dimos un abrazo de campeonato para celebrarlo. Varios minutos permanecimos enlazados y llorando a moco tendido. Menuda emoción. Vaya alegría. Tremendo desahogo. Fue el abrazo más largo de la historia. El abrazón. El abracísimo. La madre de todos los abrazos. Y así permanecimos apretados, como dos monos acurrucados en una rama de la selva después de haber sufrido la persecución de una leona.

Lo que ocurrió a continuación no te lo vas a creer. Espera que respire y sigo.

¿A que no adivinas quién se bajó del coche asesino? La viejecilla cascarrabias que vive en un caserón destartalado que tiene un cartel en la puerta que reza: «Cuantas menos visitas, menos molestias». Como te lo cuento, cara de pimiento.

—¡Señora Tiburcia! —le grité aún nervioso—. ¡¿Es que no ha visto que el semáforo estaba en rojo?!

—Oh, don Anizeto —me reconoció apesadumbrada la anciana—. Perdóneme, se lo suplico. Pero si es la pequeña Candela... ¿Te encuentras bien, hija? Dime por favor que no te ha pasado nada.

—¿Señora Ti-bur-cia? —balbuceó incrédula Ruedas desde mis brazos—. ¿De verdad que es usted? ¿Desde cuándo conduce?

—Huy, hija, tengo el carné desde hace un siglo. Lo que pasa es que como siempre conducía mi difunto... ¿Le gusta mi nuevo coche, señor detective?

¿Que si me gustaba su coche? Ya lo creo que me gustaba. ¡Un Aston Martin descapotable de color rojo! ¡Con tapicería de cuero y salpicadero de madera noble! 510 caballos de potencia. 6.500 revoluciones por minuto. ¿Por qué te crees que te he confesado antes que cada vez que revivo el día del accidente me saltan unos lagrimones del tamaño de melones de Villaconejos? Por el Aston Martin. Cada vez que mi memoria recuerda aquella maravilla de la técnica automovilística, me embarga una emoción incontrolable. Cada vez que mi cerebro reproduce la imagen de aquel prodigio de la ingeniería, ¡de 12 cilindros!, me entran ganas de llorar de felicidad. ¡Ay, madre! Es que no te pierdas lo mejor. Lo que ocurre es que, aquella mañana soleada que ni era primavera ni verano sino todo lo contrario, la señora Tiburcia me dejó conducir su coche. ¡Qué pasada!

Aquella anciana, famosa en Segovia entera por ser una vieja amargada, se había convertido en una mujer alegre. De ser una tacaña, una rata, una rácana que no se gastaba dinero ni en cambiar la bombilla fundida de la nevera de su casa, se había transformado en una señora generosa. Y, además, se lo podía permitir porque déjame que te cuente, por si no lo sabías, que la señora Tiburcia está forrada. Es multimillonaria. Tiene pasta para aburrir. Le sobra la guita. Lo que ocurre es que antes guardaba todo su dinero en una caja fuerte y ahora, por lo visto, había decidido gastárselo. Darle salida a su fortuna. Sacarle partido al patrimonio. En una palabra: disfrutar de la vida. Y daba gusto verla.

—Es que acabo de cumplir noventa años y me he dicho: Tiburcia, como noventa años no se cumplen todos los días, vamos a darnos un caprichito. Algo especial. Y he salido de compras. En un escaparate cerca del acueducto he visto este utilitario y me ha parecido monísimo. Una cucada. Total, que le he dicho al dependiente: Mire, no hace falta ni que me lo envuelva, me lo llevo puesto. Y no se puede usted imaginar qué acierto. Me entusiasma. Me hace sentir joven: ¡como si tuviera ochenta años de nuevo!

—Me alegro mucho por usted, señora Tiburcia —le contesté yo—. Pero ¡menudo susto nos ha pegado!

—Tiene razón. Lo siento. —Y bajando el timbre de voz, volvió a dirigirse a Ruedas con tono afligido—. ¿De verdad que estás bien, Candelita?

—Bueno… con algo de *jet lag* porque el vuelo ha sido largo —respondió la niña con una sonrisa tratando de quitarle importancia al incidente—. Solo tengo un par de rasguños, pero no ha sido nada, señora Tiburcia.

—Bueno, nada, nada… —insistí yo para dejar claro que el asunto de saltarse un semáforo en rojo suponía una infracción de tráfico terrible. Una falta de gravedad extrema—. ¡Podría haber ocurrido lo peor —me sinceré con ella—, y usted habría terminado en la cárcel, señora Tiburcia!

—¡Ah!

No me gustaba nada haber tenido que ser tan brusco, pero creo que las verdades, cuanto antes se digan, mejor sientan. En cualquier caso, como uno tiene su corazón, una vez que recogí la silla de ruedas del suelo y volví a sentar a Candela en ella, posé mi mano sobre el hombro de la viejecilla con delicadeza y, mirándole con ternura a los ojos, le pregunté:

—Señora Tiburcia, cuénteme qué es exactamente lo que ha pasado. ¿Por qué no paró usted en el semáforo, mujer?

La viejecilla se puso a lloriquear.

—Es que a mis noventa años —me repuso avergonzada— estoy perdiendo la memoria por culpa de una enfermedad que ahora mismo no me acuerdo de cómo se llama. La verdad es que yo me encuentro bien. Así como se lo digo: si no me viese en el espejo las arrugas, me parecería que sigo siendo una mujer de treinta años. La misma de siempre. Pero qué va. Todos envejecemos. No se puede evitar. Un desastre, Anizeto. Una calamidad. Y se me olvidan las cosas. Busco las gafas de leer y resulta que las llevo colgando del cuello en una cinta. Me compro zapatos nuevos, llego a casa y me encuentro en el armario con otros idénticos que compré el día anterior. Se me va la cabeza. Y eso es lo que me ha pasado hace un momento. Ni más, ni menos.

—No la entiendo. ¿Es que no ha visto el semáforo en rojo?

—Huy, sí, claro que lo he visto. De lejos veo mejor que un cernícalo nocturno. La vista para mí no es un problema.

—Entonces ¿por qué no se ha parado?

—Porque no me acordaba de que conducía yo. Pensaba que conducía mi amiga y que ya pararía ella. Fíjese qué cosas. No me di cuenta de que era yo quien tenía que pisar el freno hasta que Patrocinio me pegó un grito. ¿Verdad que fue así, Patro?

La otra viejecilla asintió con la cabeza desde el asiento delantero del deportivo descapotable. En realidad, intentó responder con la boca, pero no le salieron las palabras.

La pobre señora Patrocinio tenía un tembleque de aquí te espero. Un susto morrocotudo. Necesitaba urgentemente una tila para reponerse del sobresalto. Así que propuse que ambas subieran a mi despacho para reanimarse con una infusión. Pero Tiburcia se negó en rotundo.

Que de ninguna manera. Que no, que no y que no. Que ella había sido la causante del estropicio, y ella había de ser la que pagara los platos rotos. Que nos convidaba a Candela Mosto y a mí a dar un paseo en su auto nuevo.

—¿Quéééééééé? —exclamó Ruedas sacando los ojos de sus órbitas. No quería ni imaginarse a la señora Tiburcia al volante saltándose todos los semáforos de Segovia y llevándose por delante las mesas de las terrazas de los bares. Y mucho menos con ella dentro del coche.

—Oh, no, no, no. No es lo que piensas —atajó la anciana—. Esta vez le dejaré a Anizeto que conduzca. Yo ya tengo clarísimo que no debo hacerlo. Es una pena, pero la realidad no queda más remedio que aceptarla. Aunque mira, no hay mal que por bien no venga: ahora podré pintarme los labios con ayuda del espejo que hay en el quitasol del asiento del copiloto. ¿Te das cuenta? Todo en la vida tiene sus ventajas. Ale, montaos. Vámonos. Os invito a merendar un ponche en la confitería de la plaza. Y tú, Patro, salta para atrás que ese es mi sitio, maja. Esto… Que te iba a decir, Candela, ¿te gusta el mazapán?

¡Guau, guau! Raulito asomó el hocico por el portal y, de un brinco, se subió a la silla de su ama.

—¿Puede venir también mi perro?

—Por supuesto —respondió Tiburcia—. Que se venga.

Conmigo al volante del supercochazo, partimos con el objetivo de degustar un bizcocho relleno de crema pastelera, mojado en jarabe y cubierto de azúcar tostada. El famoso ponche segoviano que está, mira lo que te digo, igual de bueno que el membrillo. Si no más. Yo estaba tan emocionado pilotando aquel avión terrestre que saludaba con el brazo a cada persona que divisaba en la acera. Incluso a los que no conocía de nada. A esos también.

2

Querido diario: en efecto. Tal y como me lo temía. Lo estaba viendo venir y, toma castaña, sucedió. Raulito se hizo pis en la tapicería de cuero blanco del coche de la señora Tiburcia. Un charco de aquí te espero. Una marca amarillenta con círculos concéntricos como los del tronco de un árbol cuando lo talan. Menudo bochorno. Qué cortazo. Una de esas cosas que, como dice Anizeto Calzeta, cuando te enteras te quedas bizco porque no te las esperas.

Ahora bien, pasado el apuro de tener que informarle de los daños sufridos en la tapicería del descapotable a su propietaria, todos nos quedamos impresionados con la reacción de la señora Tiburcia. En lugar de alarmarse, me dijo que no me preocupase. Que no le diese importancia. Que las cosas materiales están en la vida para disfrutar de ellas y que lo natural es que, al utilizarlas, ocurran accidentes. ¿Qué te parece? Yo me quedé de palo. Petrificada como la estatua de la loba que hay a los pies del Acueducto. Me cogió tan de sorpresa su actitud, que fui incapaz de agradecerle el gesto.

—Ay, hija, ya limpiaremos la mancha con jabón —me comentó sin apenas prestarle atención al incidente—. Y si no sale, la frotamos con vinagre. Y si sigue sin salir, pues que se quede de recuerdo. Así, cada vez que vea la silueta del charco me acordaré de lo bien que lo hemos pasado dando este paseo. Yo el coche lo he comprado para disfrutar de compañía como la vuestra, no para ponerlo en un museo de carruajes. Que se manche, que se ensucie, que se le pinchen las ruedas y lo que haga falta con tal de que lo pasemos bien juntos. ¿No te parece?

Anizeto Calzeta también se quedó pasmado con el cambio de carácter experimentado por la señora Tiburcia y se puso: OMG! (Oh, My God). Bueno, a él le salió en español porque no sabe inglés: ¡ADM! (Ay, Dios Mío). Mejor dicho, sí sabe inglés. Algo sabe, pero le da corte practicarlo por si la gente le corrige. Yo le he repetido un montón de veces que no se preocupe por lo que piensen los demás. Que lo importante de hablar inglés es que te puedes comunicar con gente que no habla español. Y que a esa gente le da igual si tienes buen acento o mal acento porque lo que quieren es hablar contigo y punto. Y le he explicado que, como mi padre es norteamericano y tengo familia en Texas, he comprobado que muchas veces ocurre justo al contrario: que a la gente de habla inglesa le atraen más los que hablan su lengua con acento de otro sitio porque les parecen más interesantes. Pero Anizeto es un cabezota. Un burro. Un tarugo. Y no hay manera de que abra la boca en inglés salvo cuando estamos los dos solos. Entonces sí. Entonces no para de preguntarme. Para decir adiós digo «peace», ¿verdad, Ruedas? Sí, Anizeto, para despedirte dices «peace». Y se pronuncia «pis», ¿verdad? Sí, Anizeto, «peace» se pronuncia «pis». Vale, pues me voy: pis, Ruedas. Adiós, Anizeto. Peace.

Del cambiazo que había pegado la señora Tiburcia ya me había comentado algo Lupita, mi madre. Bueno, mejor tú no la llames Lupita porque ya no le gusta el diminutivo. Dice que suena a niña pequeña. Ahora prefiere que la llames Lupe o su nombre completo: Guadalupe. Así que, si te la encuentras, pues ya sabes. El caso es que Tiburcia y mi madre quedan de vez en cuando para salir juntas. Cuando se conocieron, la señora Tiburcia estaba más sola que Carracuca, y mi madre, para darle vidilla, se comprometió a acompañarla los jueves a cortarse el pelo. Pero no la llevó a Mechas, la peluquería de señoras. Ni hablar. No te creas. La trajo a la tienda de animales que está en la planta baja de la Casa del chaflán. Justo debajo de mi ventana. La dueña es la novia de Anizeto Calzeta, la doctora veterinaria Elena Latón, y le encanta cortar el pelo. De pequeña se lo trasquilaba a sus compañeras de colegio en Argentina y ahora en Segovia se lo corta a los perros. Entre sus clientes se cuentan caniches, pastores afganos, perros de lanas y... ¡la señora Tiburcia! La anciana dice que a ella no le importa arreglarse el pelo en una tienda de mascotas porque ella ha tenido una vida muy perra. Ja, ja, ja. Ya ves tú qué sentido del humor más bueno tiene.

La doctora Latón le marca las puntas y le hace la permanente encantada porque, con esa disculpa, todos los jueves pasa un ratito muy bueno con Tiburcia y con mi madre. No veas cómo se divierten las tres juntas. Parecen hermanas. Y encima, concluida la faena del peinado, se suelen ir a tomar un chiriflús, un tentempié, un aperitivo, al Bar Tomás. El dueño del bar tiene menos luces que una caverna pero es muy simpático y, cuando las ve aparecer por la puerta del local siempre exclama: «¡Oh, oh! ¡Cuidado con las carteras que ha retornado el peligro a la ciudad!». Tomás se escribe con acento, pero todo el mundo le quita la tilde y le llama Tomas. Así que no veas tú el cachondeíto que se trae el personal en la barra. ¿Qué tomas, Tomas? Tomas, ¿tú qué tomas? Pero a él no le importa. Le hace gracia y contraataca con alguna ocurrencia en verso.

¡María! ¿Qué? Muerde la tortilla que se te enfría.

¡Alberto! ¿Qué? Pasa al fondo que está abierto.

¡Benito! ¿Qué pasa, Tomas? Prueba el caldo que yo te invito.

Es muy risueño. Muy chisposo. Aunque la comida de su bar no es la mejor del mundo, lo tiene siempre a rebosar de gente porque te lo pasas en grande con él. Es de esas personas que hacen sentirse bien a los demás. Un caso especial el Tomas este.

Mi madre se lleva especialmente bien con la doctora Latón. Cuando la veterinaria tiene que salir de viaje para asistir a algún congreso internacional sobre el comportamiento de los monos, o cosas de esas, Lupita le hace suplencias en la pajarería. Le lleva las cuentas y se encarga de cambiarles el agua a los peces y de alimentar a los hámsteres. La verdad es que le gusta y dice que está aprendiendo muchísimo sobre el comportamiento de los animales. Cosas inauditas. Insólitas. Increíbles. Y yo le pregunto: Mami, ¿qué tipo de cosas aprendes que te asombran tanto? Y no te pierdas lo que me responde:

—Ay, Candela, hija, no sé qué decirte. Pues..., qué sé yo..., cosas como que, por ejemplo, los perros son más de llamada de teléfono y los gatos más de mensaje de texto.

—Pero ¿de qué hablas, mamá?

—Piénsalo, Candela. Los perros contestan en cuanto tú los llamas; pero a los gatos les mandas un mensaje y te responden cuando les da la gana a ellos.

Y yo: je, je. Me entra la risa. Es que a veces me mondo con sus observaciones. ¿A quién se le ocurre? Pero es que no te lo pierdas. Eso no es lo más fuerte que me ha dicho mi madre. Espérate. Agárrate que vienen curvas. Siéntate para no caerte de espaldas. Otro día va y me dice que cuando entran niños pequeños a la tienda lo toquetean todo. Que agarran a los pobres galápagos que están en el terrario y los marean. Que persiguen al conejo. Y que, y aquí va lo bueno, la doctora Elena Latón está pensando en poner un cartel en la puerta de su tienda que diga: «Las mascotas pueden entrar sueltas. Si trae niños, átelos por favor a una correa antes de pasar». ¡Imagínate! Ya sé que es una broma pero...

A la doctora Latón le encanta cortar el pelo. Le pirra. Y tiene unas tijeras japonesas que le han costado una fortuna. Prueba a pedírselas un día y verás lo que te contesta.

No te las presta ni en sueños. Dice que si se caen al suelo, se mellan y ya no valen para nada. Que las tijeras buenas no se comparten con nadie. Que cada peluquero tiene su manera de cortar y, precisamente por ello, domestica las tijeras a su modo. A su estilo. Para que el acero corte con una inclinación determinada. Y que luego, como venga otra persona y use tus tijeras sin permiso, te las chusca. Te las desbarata. Te escacharra el filo y pierden precisión en el corte. Ya ves tú la precisión que deben de necesitar unas tijeras para cortarle las greñas a un caniche... Pero, bueno, cada uno es cada uno y tiene sus cadaunadas.

Sobre las manías personales versaron precisamente algunos comentarios que nos hizo la señora Tiburcia mientras Anizeto y yo nos poníamos las botas en la confitería. Patrocinio y ella se pidieron una ración de ponche segoviano para compartir entre las dos, y el detective y yo, en cambio, ordenamos dos raciones para cada uno. Ya sé que no conviene abusar de los dulces. Bueno, ni de los dulces ni de nada; pero una vez al año no hace daño. Es lo que dice Larry Mosto, mi padre: que hay que tomarse todo con moderación, incluida la propia moderación. O sea, que tampoco conviene ser excesivamente moderado. Siempre, siempre. Todo el rato. Hasta el infinito y más allá. Que de vez en cuando le puedes dar una alegría a tu cuerpo, Macarena, que tu cuerpo es *pa* darle alegría y cosas buenas. Eeeeeh, Macarena. Aaahéé.

—¿Qué tal está su hijo Paquito, señora Tiburcia? —le pregunté al recordar que la viejecilla tenía un hijo en Galicia que se acercaba a Segovia a visitarla de Pascuas a Ramos.

—Ay, Candela —musitó desconsolada la pobre señora—. Mi chico es más soso que un potaje de habas. Parece que, en lugar de sangre, le corre horchata por las venas. Presta atención. Le di un dinero para que arreglase la casa y, como le chiflan las antigüedades, se compró un jarrón chino y lo colocó en la repisa del salón. Desde entonces se tira todo el día pendiente de que el jarrón no sufra un accidente. Que no se caiga. Que no se manche. Que no se desconche. Como por lo visto es una pieza tan valiosa, porque tiene no sé si me ha dicho que tres mil años de antigüedad, Paquito vive pendiente del jarrón. Tiene su foto en el salvapantallas del móvil y le ha abierto una cuenta en Facebook. JARRONCHINO. Me lo ha enseñado muy orgulloso. Tiene seis *likes* y tres *talking about this*, que no sé ni lo que significa. Bueno, pues sus hijas,

ANMERIENDA

que no sé si sabrás que mi Paquito tiene dos niñas gemelas muy sanas, porque esta es una ciudad pequeña y todo el mundo se sabe los chismes, pues resulta que mis nietas no pueden hacer fiestas en la casa por si las amigas se tropiezan y tiran el jarroncito al suelo. Tampoco invita ya a comer a sus suegros los domingos porque, como son mayores y les falla el pulso, no vaya a ser que lo cojan para admirarlo y se les resbale de las manos. Dice que más vale prevenir que curar. Y yo le digo: Sí, hijo, sí; pero el que está enfermo eres tú. Ya ves. Me cuenta mi nuera que tienen que ver la televisión en la cocina para evitar que, al cambiar de canal con el mando en el salón, le vayan a propinar un golpe seco al jarrón con el codo y se casque. Total, que por culpa de un simple botijo, porque al final por muy antiguo que sea es un simple botijo chino, tiene a toda su familia amargada. Por eso te digo yo, Candela...

—Prefiero que me llame Ruedas, señora Tiburcia.

—Huy, sí, Ruedas. Estupendo. Pues te digo yo, Ruedas, que no compensa aferrarse tanto a las cosas materiales porque se olvida uno de lo que importa de verdad. De las personas.

—Hombre, yo... —le contesté con la máxima sinceridad que pude—. Algo de lo que me cuenta capto, no le niego a usted que no. Pero eso de las cosas materiales... Vamos, que no se olvide de que tengo once años y que estoy deseando que me compren un teléfono con conexión a internet.

—Lo que apunta aquí la Tibu —salió en mi ayuda Patrocinio— es que tú no te cojas un sofoco por el pis de Raulito. Que no compensa. Nada más. Lo de querer un móvil resulta natural a tu edad. Pero no tengas prisa. Hay muchas cosas que se pueden hacer sin ayuda de un teléfono.

—Por ejemplo, masticar —dejó caer tímidamente Anizeto—. ¿Me puedo pedir otro ponche?

—Tampoco se pase usted, señor Calzeta —le recriminó la señora Patrocinio—. Que lo poquito agrada y lo muchito enfada. Con dos porciones de ponche va usted que chuta.

—Es que el bizcocho bañado en sirope está de muerte —se excusó el detective.

—El que se va a morir va a ser usted como no pare de comer. De un reventón, como las ruedas de un camión. Venga, hombre, que ya es usted mayorcito para estos caprichos...

Anizeto se puso rojo y bajó la cabeza con disimulo. Es que cuando te gusta tanto comer, te resulta difícil parar. La señora Tiburcia se dio cuenta y, para evitarle a mi jefe el sofoco, cambió de tercio y entró al quite. Como los mozos de espadas, que distraen al toro con su capa cuando ven que el matador está en peligro.

—Bueno, bueno, volviendo a mi hijo... —retornó al hilo anterior la señora Tiburcia—. Precisamente tengo que acercarme a visitar a Paquito el mes que viene y le daré recuerdos de vuestra parte. Tu madre, Ruedas, me ha insinuado que se vendría conmigo. Espero que no se raje.

—Y yo espero que, si al final hacen el viaje, nos traiga un par de kilos de almejas de recuerdo —sugirió Anizeto recordando el cucurucho de marisco con que le había sorprendido Tiburcia tras su última visita a Paquito.

—Por supuesto. Cuente con ello.

Ya ves qué maravilla. Muy amable. Tan atenta, la señora Tiburcia. El regalo de las almejas supuso un detalle inesperado que le solucionó al detective más barato del mundo la cena de tres noches seguidas. Y yo utilicé sus conchas para realizar unos trabajos manuales de ambiente marítimo. Un cuadro de peces que elaboré con la ayuda de cartulina y papel charol. A ver si me acuerdo y coloco unas fotos en mi página web, **www.loqueocurre.com**, para que lo veas. Quedó superchulo. Y está chupado de hacer. Mi padre lo ha enmarcado y lo ha colgado en el baño. Cerca de la ducha porque a los peces les encanta el agua. Je, je.

—¿Te gustaría ir de campamento? —me soltó de golpe Patro. Vaya pregunta inesperada.

—No lo sé. No he ido nunca a ninguno —respondí yo sin sospechar que este asunto nos abriría las puertas a una nueva aventura.

—Pues si quisieras, podrías ir este verano a uno bien chulo.

—No lo sé... ¿De verdad? —balbuceé confusa—. No lo creo. Es difícil que te admitan en uno de esos sitios con una silla de ruedas. Suelen estar en mitad del campo y...

—En el campamento al que me refiero te cogerían sin problemas.

—¿Y eso?

—Porque yo soy la fundadora. Ignoro si el Campamento Montón de Trigo es ya accesible para sillas pero, de no ser así, esta sería una magnífica ocasión para remediarlo. ¿No te parece?

—¡Eh! ¡Un momentito! —saltó Anizeto, desconfiado—. ¿A qué viene ese súbito interés por que mi ayudante se marche a un campamento, señora?

—Bueno, no hay nada de malo en conectar a los chavales con la naturaleza —se explicó Patrocinio—. Máxime en unos tiempos en que cada vez los adolescentes hacen menos excursiones al campo. No saben ni de dónde sale la leche. El año pasado me comentó un monitor que un niño de Sevilla se creía que las vacas se dividían en dos razas: las enteras y las desnatadas.

—¿Usted es la fundadora de un campamento? —dejé caer mi mandíbula sin poder disimular mi admiración—. ¡Cómo mola! Usted es la primera persona fundadora de algo que conozco.

—No me llames de usted, que me hace sentirme mayor de lo que soy... y aún estoy en los ochenta y pocos... —exclamó mientras rebuscaba entre los bártulos de su bolso—. Mira. Aquí lo tengo. El carné de campista número 1. Para que veas que no te miento. Lo llevo siempre encima porque para mí es un documento más importante que la tarjeta Iberia Plus. No me da puntos, pero me trae buenísimos recuerdos. Aquí lo tienes. Échale un vistazo.

CAMPAMENTO MONTÓN DE TRIGO
Patrocinio Martorell
CAMPISTA
Nº 1
ANCAMPAMT

Me extendió orgullosa una cartulina plastificada con una fotografía grapada en una esquina.

Quién hubiera dicho que aquella niña con dos trenzas y gorrita verde, que aparecía inflando los carrillos como un pez globo en la foto del carné de campista, era la misma señora flaquita y larguirucha que delante de mí masticaba a duras penas el bizcocho con su dentadura postiza. ¡Cómo pasa el tiempo! ¡ADM! Patrocinio Martorell debió de leer mi pensamiento al ver la expresión de sorpresa reflejada en mi rostro y, acercándose discretamente a mi oído, me susurró el siguiente comentario:

—No todo lo relacionado con envejecer es malo. También tiene sus cosas positivas.

—¿Por ejemplo? —le pregunté perpleja.

—Por ejemplo, que vas perdiendo cada vez más la vista y así no te ves las arrugas de la cara por la mañana en el espejo.

—Eh, eh, eh —protestó Anizeto—. ¡Secretitos al oído son de viejas!... —Y enseguida, dándose cuenta de que acababa de meter la pata por llamar vieja a la amiga de Tiburcia, intentó arreglarlo sin mucho éxito—: De viejas... glorias quiero decir, naturalmente. Vamos, señora Patrocinio, que es usted una personalidad de gran reputación. Lo que viene llamándose comúnmente un monstruo, para entendernos. Tan jovencita y ya creó usted un campamento que hoy en día es toda una institución en la comarca.

—Ah, ¿conoce el Campamento Montón de Trigo?

—Hombre..., conocerlo así como conocerlo..., pues, la verdad sea dicha, no. No lo conozco. Pero, por el entusiasmo con que se lo oigo mencionar a usted, estoy convencido de que se trata de una institución de provecho.

—La verdad es que el mérito no es solamente mío —prosiguió Patrocinio—. La idea se nos ocurrió a tres amigas. Y ya ve, lo que al principio nació como una iniciativa inocente para acampar unos días fuera de casa se ha convertido en un centro que acoge a más de doscientos campistas todos los veranos. A ti te encantaría, Ruedas. ¿Quieres que te apunte?

—Por mí sí —afirmé yo bastante interesada.

—Estupendo. Esa es la respuesta que estaba deseando escuchar. Pues entonces te apunto. No tendrás que pagar nada. Los gastos corren de mi cuenta.

—Huy, no hace falta —comenté un poco ofendida—. Mis padres tienen dinero para permitirse el gasto. ¿O es que usted es de esas personas que se creen que todos los que vamos en silla de ruedas somos pobres?

—No, no. Ni mucho menos. No me malinterpretes, por favor. No te pago el campamento. Te contrato para que vayas.

—Eh, eh, eh —protestó de nuevo Anizeto Calzeta—. Un momentito. ¿Qué es eso de contratar a mi ayudante sin contar conmigo?

—Es que usted es un poquito mayor para ir al campamento, ¿no le parece?

—Sí, sí... Si eso sí, pero comprenderá usted que necesito que me aclare de qué va esta vaina. De qué diantre se trata esto. Qué diablos es lo que trama. Porque si planea contratarla, ha de saber que en asuntos profesionales yo soy el jefe de Ruedas, ¡caramba!

Y, enfadado, pegó un puñetazo en la mesa. Un golpe enérgico y seco que atizó de lleno al mango de la cucharilla del café. Energía que esta se encargó de transmitir al tenedor que tenía cruzado encima y que salió catapultado por el impulso. El cubierto dibujó dos tirabuzones en el aire dignos de los mejores acróbatas y fue a zambullirse de plano en el centro de una taza. El chocolate nos salpicó a todos los presentes. Incluido a Raulito, que se relamía feliz el lomo con la lengua. Superado el incidente, la Patro nos explicó el asunto con todo tipo de detalles. No pierdas ojo.

Resulta que el Campamento Montón de Trigo lo habían fundado hacía setenta años tres niñas. La campista número 1, Patrocinio Martorell, y las campistas número 2 y número 3, María del Carmen Bragado y Pilarica Gallardo, ambas dos ya fallecidas. Las tres amigas, que entonces acababan de cumplir diez años, solicitaron autorización de sus padres para acampar una noche en la pradera que se abría en la parte trasera del chalé donde veraneaban los Martorell, que, por cierto, eran oriundos de Girona. Y las dejaron. Obtuvieron permiso a condición de que el señor Martorell acampara junto a ellas en otra tienda de lona. Al año siguiente se apuntaron unas primas de Pilarica, algo mayores, y esta vez les permitieron quedarse dos noches y ya sin necesidad de vigía. Al otro verano, como la hermana mayor de Carmen, Tere Bragado, era enfermera, la convencieron para que les echase un cable como monitora e invitaron al campamento a las hijas de otras dos familias. Se tiraron una semana montando en bicicleta por los pinares y relatando historias de miedo por la noche frente a la hoguera.

—Poco a poco se corrió la voz y la escuela se interesó por nuestras actividades campestres —nos contó Patrocinio con nostalgia—. El director habló con nosotras y nos comunicó que le gustaría incorporar el campamento a los planes escolares veraniegos. Aceptamos encantadas y al final CMT terminó convertido en lo que es hoy en día: un punto de encuentro infantil y juvenil repleto de actividades al aire libre.

—Es una historia muy chula —le confesé con sinceridad a la campista número 1—. Es parecida a la de Steve Jobs, el de Apple, que también empezó de la nada y fíjese la que lio.

—Sí, es muy bonita pero..., como todas las bellas historias —se lamentó—, tiene también su punto negro. Su lado oscuro, como la luna.

—Bueno... ejem, ejem... —intervino Anizeto—. ¿Y a nosotros qué nos incumbe el que Apple tenga sus problemillas internos?

—No me refería a Apple, señor Calzeta —le corrigió a mi jefe la Patro—. Me refiero al Campamento Montón de Trigo que...

tiene un problema sin resolver. Un misterio que descifrar.

—Un problema sin resolver. Un misterio que descifrar —repetí yo emocionada.

—¿Que hay que resolver un enigma? —saltó Anizeto como un muelle—. ¡Caramba! ¿Y por qué no lo ha dicho antes, señora? Para eso estamos. Espérese que voy a tomar nota. ¿Cómo dice usted que se llama de segundo apellido? ¿Conoce nuestras tarifas? ¿Sabe que tiene derecho a un descuento por ser mayor de sesenta y cinco años?

—No hace falta que apunte nada, señor Calzeta. No corra tanto. Escuche y verá como es sencillo. Yo quería mucho a mi padre. Ya sé que todas las niñas del mundo quieren mucho a sus padres pero... No sé cómo explicárselo, el mío era un tipo muy especial. Le caía bien a todo el mundo. Jamás se enfadaba. Nunca le ponía mala cara a la adversidad. Y era incapaz de hacerle mal a nadie. Ni a una mosca. Miren: voy a poner un ejemplo. En aquella época, cuando yo era pequeña, las cosas eran muy diferentes a las de hoy en día. Bueno, vivíamos casi en el Parque Jurásico. Es que ni se había inventado la televisión.

—¿Quéééééééééé?

Casi se me salieron los ojos de sus órbitas. Yo pensaba que mi madre era una carroza porque me había dicho que en su época no existían los teléfonos móviles. Pensaba que mi padre era un dinosaurio porque me dijo que en su juventud no se habían inventado todavía los ordenadores. Pero jamás llegué a pensar que conocería a alguien que había vivido en una época anterior a la televisión.

—En mi niñez —prosiguió la Patro— era normal que a los niños se les arrease un buen cachete o un par de azotes cuando se portaban mal. Incluso a veces nos atizaban un par de zurriagazos con el cinturón en el trasero.

—¡Ay, que me desmayo! —suspiré mientras se me resbalaba el codo y aterrizaba de morros en los restos de ponche que quedaban en mi plato. Menos mal que el bollo estaba blandito como una esponja y amortiguó el porrazo.

—No te asustes —atajó Patrocinio mientras me proporcionaba una servilleta para que me limpiase el bigote amarillo de crema pastelera que se me había puesto encima del labio.

—Ahora sí que pareces un detective como yo. Je, je —me guiñó cómplice un ojo Anizeto.

—No te asustes con los latigazos, Ruedas, porque mi padre no era partidario de ese tipo de castigos. Cuando yo cometía alguna fechoría, me indicaba: Patrito, sube a tu cuarto que te voy a dar con la correa. Subíamos los dos las escaleras y, antes de entrar en la alcoba, mi padre se quitaba el cinturón para que lo vieran mis abuelos y los demás presentes. Una vez dentro me apuntaba:

Hale, hija, haz como que lloras. Y fustigaba con furia al colchón. ¡Zas! ¡Zas! Y yo: ¡Ay, ay! Luego bajábamos los dos muy serios. Yo hacía que me ahogaba el llanto, snif, snif, y él ponía cara de domador de circo. Ahora, eso sí, si nos mirábamos por el rabillo del ojo, casi no podíamos aguantarnos la risa.

—¿Y ese era el misterio tan enigmático? ¿Los latigazos falsos? Pues vaya birria de caso... —resopló Anizeto decepcionado.

—No, señor Calzeta, no sea impaciente. Ese no era el misterio. Ese era mi padre. Y quería que le conocieran antes de explicarles lo ocurrido.

Raulito aguzó las orejas. Hasta mi perrillo fue capaz de intuir que algún acontecimiento extraordinario estaba a punto de ser relatado.

—Como les acabo de contar, mi padre era un tipo estupendo. Fuera de serie. Alegre y distinguido. Yo le quería mucho y siempre se lo hacía saber. Te quiero mucho, papá. No sabes lo que te quiero, papá. Pero él a mí no.

—¡Patro! —se llevó la mano al pecho la señora Tiburcia, aturdida—. Nunca me dijiste que tu padre no te quería. Pobrecilla...

—No —corrigió ella—. No he dicho que mi padre no me quisiera. He dicho que mi padre nunca me dijo que me quería. Que es otra cosa. Cada vez que se lo preguntaba, ¿tú me quieres, papá?, me salía con una broma. No puedo responderte ahora, Patrito, porque estoy muy liado peinándome las cejas.

Papá, por favor: del uno al diez, ¿cuánto me quieres? Dos bajo cero, Patrito. Era imposible. Total que un día, al cumplir los quince, le cogí por banda y le escribí en un papel la siguiente nota:

15 de julio de 1945

Yo, don Guillem Martorell y Seguí, nacido en la Font de la Pólvora, Girona, padre de la señorita Patrocinio Martorell García Matilla, declaro que

Sí la quiero

No la quiero

Y, para que conste a todos los efectos, firmo en Segovia en el día y mes de la fecha arriba indicados.

Firma: ....

Patrocinio se enjugó un par de lágrimas que le humedecieron las mejillas y, para recomponerse, pegó un traguito del tazón de chocolate caliente que ella también había solicitado en la confitería. Luego, con un hilillo de voz que fluía con dificultad de su garganta, prosiguió el relato. Resulta que le entregó el papel a su padre y este se comprometió a devolvérselo firmado con la mayor brevedad. Pero pasaron varios días sin respuesta y, a primeros de agosto, Patrocinio hubo de marchar al Campamento Montón de Trigo. Era su quinto año y el primero en el que se inauguraban instalaciones permanentes. Cabañas de madera para las campistas, un muelle para las barcas en la orilla del lago, zona de duchas y un techado de paja para el comedor. En la primera visita que le hicieron sus familiares, la Patro le reclamó el papel a su padre.

«¿Lo has firmado ya, papá?».

«Sí, lo he rellenado y lo he firmado, Patrito».

«Y me lo habrás traído, ¿no?», insistió ansiosa por conocer la respuesta.

«Claro que te lo he traído, mi vida».

«Entonces déjame verlo».

«Ah, no. No puede resultar tan fácil. Tendrás que encontrarlo. He escondido el papel con la respuesta en el campamento. Pero como tú eres más lista que las perdices, sé que no tardarás en descubrir su paradero. Toma, aquí te dejo una pista».

La señora Patrocinio volvió a escarbar en su bolso y extrajo de nuevo un monedero de piel de cocodrilo de color gris. Accionó el clip de apertura y sacó un rollito de papel envejecido, con manchas amarillas, en el que podía leerse un mensaje escrito con la impecable caligrafía de una pluma estilográfica:

Debajo de la muerta.
Encima de la vela.

—¡¡¡¡Una mueeeerta!!!! —exclamé yo mientras me recorría un escalofrío por el espinazo.

—¡Caramba con su padrecito, señora Patrocinio! —añadió Anizeto con los pelos del bigote erizados por la emoción—. ¿Y pudo usted resolver el enigma y dar con la repuesta?

—Ahí está la desgracia. El punto oscuro de mi bella historia. Mi queridísimo padre murió ese mismo verano de un repentino paro cardiaco. De un infarto. De un ataque al corazón impredecible. Estaba más sano que un roble y ¡mira! Eran otros tiempos, como les digo. Si hubiéramos tenido a mano una de esas máquinas que han colocado en los aeropuertos, los desfibriladores esos, mi padre se habría salvado. Pero entonces no se habían inventado todavía los aparatos de rescate cardiaco ni prácticamente nada. Ay, qué pena...

—No llores, Patro, tontorrona —le suplicó Tiburcia—. Que ya han pasado muchos años de aquello, mujer...

—Ya lo sé... Pero es que nunca pude encontrar el papel que escondió mi padre en el campamento. Jamás entendí la pista que me brindó. Ni en Montón de Trigo hubo nunca una muerta, ni tenía sentido buscar un papel encima de una de las velas con que alumbrábamos por las noches las cabañas porque se habría quemado... Me pasé todo el verano buscando... Y el siguiente. Y el otro... Pero nunca encontré la respuesta. Y ahora soy demasiado mayor y temo que me vaya a morir sin conocerla. Sin saber si... Sin saber si... Sin... Sin saber si mi padre me queríaaaaaa... Buaaaaaa...

Pobre Patrito. Pobre señora Patrocinio. Lástima de la Patro. Se me partió el corazón al verla llorar y le prometí que me apuntaría al campamento e intentaría encontrar ese papel. Aunque, entre tú y yo, querido diario, me daba la impresión de que una hoja de cuaderno no podría aguantar a la intemperie tantos años. Desde 1945 hasta la fecha, echa tú las cuentas. Para mí que el mensaje del señor Martorell ya se habría desintegrado y convertido en abono orgánico. Me espantaba pensarlo, pero posiblemente nunca conoceríamos la respuesta del padre de Patrocinio a su hija. Y el detective parecía sospechar lo mismo porque tanto él como yo enmudecimos ante la magnitud de la misión que se nos avecinaba. «Debajo de la muerta. Encima de la vela». En la confitería se hizo un silencio sepulcral que solo era interrumpido de vez en cuando por los sorbitos cortos que le pegaba a su tazón de chocolate la campista número 1.

3

¡Hola, campista! Te damos la bienvenida a la web de CMT, el Campamento Montón de Trigo.

¿Sabes dónde estamos? En un valle de pinares dentro del término municipal de San Rafael, en el sur de la provincia de Segovia, y rodeados de montañas.

Vivimos en cabañas construidas con troncos de madera a orillas del río Moros. Y desde aquí divisamos la magnífica silueta de un pico que, con su forma cónica, se asemeja a un almiar. A una enorme pila de heno. Sí, lo has adivinado: es la montaña que da nombre a nuestro campamento. CMT fue bautizado por nuestras tres primeras campistas en honor a uno de los montes más altos de la sierra de Guadarrama: el Montón de Trigo. Alcanza una altitud de 2.161 metros y todos los veranos realizamos una ascensión a su cima para deleitarnos con las increíbles vistas panorámicas que nos ofrece.

En CMT tenemos caballos para galopar por las praderas; bicicletas de montaña para pasear por los senderos; arco y flechas para probar suerte en las dianas de paja; talleres de artesanía para modelar barro y fabricar cometas; cañas de pescar para sacar truchas de los arroyos; canoas para descender por los rápidos del río; tablas de windsurf para deslizarse en el pantano; infinidad de troncos para encender hogueras nocturnas; camas elásticas para intentar alcanzar las estrellas de un brinco; tirolinas para recorrer el bosque por las copas de los árboles, y trampolines para zambullirse en el agua y nadar durante horas.

El Campamento Montón de Trigo es una institución recreativa de primer nivel dedicada a proporcionar a campistas, de entre siete y dieciséis años, nuevas experiencias y amistades que los acompañarán durante el resto de sus vidas.

Empieza a planear ya tu acampada. Marca en este calendario la sesión que más te convenga y no te olvides de enviarnos un correo para reservar tu plaza.

Sesión 1 (1 semana) - Del 23 al 29 de junio.
Sesión 2 (2 semanas) - Del 30 de junio al 13 de julio.
Sesión 3 (3 semanas) - Del 14 de julio al 3 de agosto.
Sesión 4 (4 semanas) - Del 3 al 31 de agosto.

CMT se compromete a cumplir y mantener durante tu estancia en nuestro campamento los Cuatro Principios Fundamentales que nuestras campistas fundadoras, Patrocinio Martorell, María del Carmen Bragado y Pilarica Gallardo, infundieron con orgullo a nuestra organización hace setenta años:

Seguridad: No te preocupes, campista, con nosotros estás fuera de peligro.
Amistad: Te garantizamos que harás nuevas amistades.
Aire libre: Aprenderás a amar la naturaleza.
Diversión: Te lo vas a pasar bomba.

Aquí tienes la lista de lo que necesitas empacar en la mochila para pasar los días más felices de tu vida. Toma nota y que no se te olvide nada. Del resto nos encargamos nosotros.

- 1 mochila de excursionista
- 10 camisetas
- 2 pantalones de chándal
- 2 sudaderas, o 2 jerséis de lana gordos, o 2 chaquetas ligeras
- 4 pares de pantalones largos, preferiblemente vaqueros
- 3 pares de calcetines de lana
- 14 pares de calcetines de algodón
- 14 piezas de ropa interior
- 2 trajes de baño
- 2 pijamas
- 2 pares de zapatillas de deporte (uno para meter al agua y otro para tener siempre seco)
- 1 par de botas de escalada (opcional; si no tienes, te sirven las zapatillas de deporte)
- 1 par de botas de montar a caballo (opcional; también te sirven las zapatillas de deporte)

1 par de chanclas
1 par de zapatillas para la cabaña (opcional; te sirven las chanclas)
1 gorro, o visera, o pañuelo grande, para protegerse del sol
1 gafas de sol (opcional; también puedes guiñar los ojos o hacer visera con la mano)
1 gabardina, o 1 poncho
3 toallas de ducha
1 almohada
1 juego de sábanas
1 manta, o 1 edredón
1 saco de dormir modelo Alpino o Momia
1 bolsa de aseo con cepillo y pasta de dientes, jabón, desodorante, toallitas, champú y cepillo del pelo
1 barra de cacao para los labios
1 bote de protector solar
1 bote de repelente para los insectos

1 linterna y pilas de recambio
1 cámara de fotos (opcional; en su lugar puedes utilizar la cámara de un teléfono móvil, aunque no te permitiremos realizar ni recibir llamadas)
1 bolsa de tela para la ropa sucia
1 cuaderno, 1 bolígrafo y varios sobres (con sellos de correos ya pegados) para enviar cartas

Ah..., y no te vayas a olvidar: celebramos una Gran Cena de Gala el último día y tienes que ponerte elegante. Trae una camisa blanca con cuello si eres un chico y una falda o un vestido si eres una chica.

—¡¿Camisa de cuello para los chicos?! —exclamó Ruedas sorprendida por la noticia frente al ordenador—. ¡Anda, mamá, pero si el campamento es mixto! Yo creía que era solo para chicas.

—Lo sería al principio, cuando lo fundó la amiga esa de la señora Tiburcia —le respondió Guadalupe Mosto—. En aquella época todo se hacía por separado. Hasta los colegios. Pero habrá cambiado con los tiempos. Es natural.

—¡Qué bueno! ¿Puedo llamar a Taco y al GPS a ver si se apuntan?

—Claro, ¿por qué no?

—¿Y podemos irnos de compras ahora mismo?

—¿De compras de qué? Tienes el armario a rebosar de ropa, Candela, hija.

—Ya, pero necesito una silla nueva para escalar. Una con ruedas de todoterreno. Yo pienso subir al Montón de Trigo y con esta ni lo sueñes.

—Pero ¿qué día empieza el campamento?

—No sé, tengo que decidir. ¿Cuántos días voy, mami? ¿Una semana, dos, tres o cuatro?

—Vete dos semanas y, si te gusta, el año que viene te apuntas el mes entero.

—¿Dos semanas no será mucho tiempo? Podría ir una, del 23 al 29.

—No, dos semanas está bien. Una se te va a hacer muy corto. Además, el 25 tienes cita con el doctor Rana para el aparato de los dientes, ¿o es que no te acuerdas?

—Huy, es verdad. Entonces me apunto el 30 de junio, ¿vale? Del 30 al 13 de julio.

—Vale, por mí encantada. Además, el 13 ya habrá vuelto tu padre de Texas y así podremos hacer algo los tres juntos.

—Bueno, ¿qué? ¿Nos vamos ya a por la silla de escalada o qué? Que casi no nos quedan días.

4

Ruedas al principio no tuvo mucha suerte con los amigos del colegio donde juega al baloncesto. Gonzalito Peripuesto Sánchez, más conocido como el agente secreto GPS, y Taco, el niño más ocurrente que había conocido nunca, le indicaron que no podrían apuntarse al campamento. De ninguna manera.

—¡Ni madres! —le dijo textualmente Taco con su característica forma mexicana de expresarse.

La disculpa de ambos fue que se marchaban de vacaciones a ver a sus abuelos. El primero a Campo de Criptana y el segundo a Cuernavaca. O al revés, porque lo que ocurre es ya no me acuerdo, si te digo la verdad, en qué país queda cada sitio.

El caso es que al cabo de unos días ambos volvieron a llamarla con magníficas noticias. Los dos se las habían arreglado para convencer a sus respectivos padres de que pospusieran el viaje familiar y el día 30 de junio acudirían puntuales a la llamada de su amiga. Además, como Ruedas les había revelado en secreto el encargo de la señora Patrocinio, tanto Gonzalito como Taco estaban deseando llegar a CMT y ponerse manos a la obra para encontrar el papel desaparecido.

La que sí se apuntó a la primera, sin dilaciones, fue Begoña Carroña. Ruedas se lo preguntó por teléfono y su amiga repuso: Espera un minuto. Tapó el auricular con una mano, le pegó un grito a su madre que estaba echándose una siesta en el sofá del salón, y esta le respondió que, con tal de perderla de vista unos días, que se apuntara cuanto antes. E incluso le insinuó a Begoña que para qué se cogía solamente dos semanas, cuando podía elegir un turno de un mes entero. Entonces la Carroña destapó de nuevo el auricular, articuló la frase «Sí, me dejan» y, a partir de ahí, no pudo contener el llanto. Se echó a llorar. Agarró una perra de aquí te espero. En parte gimoteaba por la alegría de que su madre la dejara emprender aquella prometedora aventura veraniega con su amiga. ¿Te imaginas? Pero también sollozaba desconsolada al comprobar que Charito Pómez, su querida madre, estaba deseando quitársela de encima. Deshacerse de ella. Y así se lo hizo saber nada más colgar con Ruedas.

—Hija, si me despiertas tan bruscamente de la siesta —le aclaró su madre desde el sofá—. ¿Cómo quieres que te conteste?

—Lo siento, mamá.

—Yo también lo siento. No quería hacerte sentir mal. Anda, ven aquí y explícame de qué va ese campamento. Vas a necesitar un gorro de lana para por las noches.

—Mamá, que es verano...

—Ya, pero en la montaña uno nunca puede fiarse de las estaciones. Acuérdate de que hace dos años a tu padre le sorprendió una nevada en pleno mes de julio.

—Pero, mamá, ¡papá estaba en Finlandia en un congreso de directores de colegio!

—Huy, cómo se nota que eres un ratón de ciudad, Bego. Vivir en Madrid te ha hecho muy ignorante. Segovia, Finlandia, en todos los sitios con montañas nieva cuando menos te lo esperas.

—Pues yo no me pienso llevar un gorro de lana al campamento, mamá. Sin más. Como te lo cuento.

Para acceder al CMT había que desviarse de la carretera por una pista forestal de arena y recorrer varios kilómetros siguiendo el curso del río Moros. Al cabo de un rato de un paisaje de zarzales, pinos y robles rebollos, con algún que otro lagarto dorándose al sol encima de una roca, se abría una dehesa amplia y verde de helechos en la que se recortaban en motitas de colores las flores silvestres. Puntos rojos de amapolas, manchas amarillas de retama y el anaranjado de los cardos. Una gama de tonos que se sumaban a los aromas dulces provenientes de las matas de tomillo y de las pringosas jaras blancas. Al fondo, sobre las montañas azules, sobrevolaba aquella mañana un ejemplar de águila imperial en busca de ratones.

El día no podía resultar más propicio para aficionarse al campo, y el coche de los señores Mosto avanzaba diligente hacia su destino... ¡conmigo al volante! Yujuuuuu. A mi lado iba el chófer, y Ruedas y la doctora Latón admiraban el paisaje en el asiento trasero. Los padres de mi ayudante habían aprovechado las dos semanas que su hija iba a pasar en el campamento para viajar a Texas, y Elena y yo nos ofrecimos a acompañar a Ruedas al CMT. Y no sabes cuánto me alegro de haberlo hecho. Nada más montarnos en el coche, José, el chófer, se percató de mi debilidad por los automóviles y me cedió el asiento del conductor. Son de esas cosas que, cuando te enteras, te quedas bizco porque no te las esperas. Así que avanzaba feliz, mientras José me indicaba los últimos adelantos técnicos incorporados al vehículo y cómo podía activarlos desde el panel de control.

—Una maravilla estas montañas —exclamó mi novia, sorprendida—. Tantos

CAMPAMENTO
MONTÓN DE TRIGO
ANPERROS

años viviendo en Segovia y no tenía ni idea de que existía esta maravilla de la naturaleza a dos pasos de casa.

Al final de la cañada el tráfico quedaba interrumpido por una caseta de vigilancia con una barrera que atravesaba el camino. Era una modesta construcción de piedra, posiblemente un antiguo refugio de pastores, que se recortaba en la pradera sobre el fondo majestuoso de la sierra de Guadarrama. Nada más detenernos, tres enormes mastines se nos echaron encima y comenzaron a arañar con sus pezuñas la carrocería. ¡Guau, guau, guau!

—¡Mecachis en la mar! —reaccionó José tocando insistentemente el claxon para ahuyentarlos.

—¡Mica! ¡Cuarzo! ¡Feldespato! ¡Quietos, paraos ahí los tres! —alzó la voz un hombretón vestido de verde que hacía las labores de guarda. Y los tres perrazos, obedientes, metieron el rabo entre las patas y volvieron a refugiarse en el interior de la caseta.

—Buenos días —saludó a José el vigía echando un vistazo a los ocupantes del vehículo—. ¿Traen ustedes a algún campista?

—Sí, señor.

—Nombre completo, por favor.

—José Ángel Martín Martín.

—Un momentito... Ummm... Lo siento pero no le tenemos en la lista.

—¿A quién? —repuso José, sorprendido—. ¿A mí? ¿Y por qué me tendrían que tener a mí en una lista?

—No, a usted no. Al campista. ¿José Ángel Martín es el nombre del campista?

—Ah, perdone. José Ángel Martín soy yo. Le he dado el mío. La campista se llama Candela.

—Candela..., ¿apellidos?

—Este tipo hace las mismas preguntas que mi amigo el GPS —susurró Ruedas risueña al recordar la insistencia con que Gonzalito Peripuesto Sánchez solía interrogarla siempre: Ruedas, ¿apellido? Ruedas, ¿apellido? Ruedas, ¿apellido?

—¿Y por qué pregunta tantas veces lo mismo ese amigo tuyo? —se interesó la doctora Latón.

—Porque tiene autismo y le cuesta trabajo expresarse. Pero le va bien. El GPS tiene una forma de ser diferente. Eso es todo.

—¿Candela qué? —insistió impaciente el guarda al notar que José se había despistado con nuestros comentarios.

—Eh... Mosto —aclaró finalmente el chófer—. Mosto Alarcón. La campista se llama Candela Mosto Alarcón.

—Ajá... Ummm... De acuerdo, aquí está —y tachó el nombre en la lista. Luego alzó la vista y se puso a inspeccionar con suspicacia el bulto que llevábamos atrapado con pulpos en la baca del coche—. ¿Y eso? —inquirió receloso mientras rodeaba el vehículo para echarle un vistazo más cercano al objeto—. ¿Qué diantres traen aquí? ¿Es que se creen que van a la guerra?

—¡Es una Invacare Top End Crossfire todoterreno! —gritó Ruedas asomando la cabeza lo más que pudo por la ventanilla.

—¿Cómooooooo?

—Una silla de ruedas de escalada con la que pienso ascender al Montón de Trigo. A que mola, ¿eh? Puro aluminio. La he pillado en eBay de segunda mano.

Grrrr, le gruñó Raulito desde el interior del vehículo al guarda cuando se aproximó a la niña.

—Está bien. De acuerdo. Pueden pasar —indicó levantando la barrera—. Dejen el coche en el encinar de la izquierda, junto al resto de los vehículos, y luego sigan a pie hasta la cabaña de acogida. Allí recibirán instrucciones. Los adultos tienen que estar fuera de aquí a las once.

Grrr...

—Es una suerte que le hayan dejado venir a Raulito contigo —comentó la doctora Latón tratando de tranquilizar al cachorro—. La verdad es que me ha extrañado que admitan perros en un campamento. No sé cómo harán si cada niño trae una mascota... Ahora, eso sí, tendrás que andarte con cuidado para que no se lo merienden esos tres mastines salvajes.

—Huy, más bien al contrario —repuso Ruedas sin dudarlo—. Que se anden con cuidado Mica, Cuarzo y Feldespato, si no quieren que se los coma Raulito de un bocado.

En la cabaña de acogida había un revuelo de niños, familiares y monitores que intercambiaban saludos, trataban de resolver dudas y soltaban risotadas. Al fondo de la estancia, unos carteles indicaban, por orden alfabético, en qué fila debía recoger cada campista las instrucciones. De la A a la F, de la G a la M, y de la N a la Z. A Ruedas le correspondía la cola de en medio, pues la inicial de su apellido era una M, y en ella nos colocamos a esperar turno. Poco tardamos en darnos cuenta de que en la hilera de nuestra derecha, unos metros más adelante y con cara de despistados, aguardaban pacientes Charito y Agustín Pómez, los directores del colegio donde juega Ruedas al baloncesto. Y a su lado estaban sus dos hijas: Begoña y Montse. Una y otra no podían ser más diferentes. De personalidad y de apariencia. Begoña, la pequeña, era bajita y regordeta; Montse, más bien alta y de facciones estilizadas. Casi como una modelo. A Begoña le habían puesto en la clase el apodo de Carroña, Begoña Carroña, porque durante una temporada se había comportado cruelmente con sus compañeros. Un episodio que ya estaba aclarado, superado y archivado. Pero el apodo permanecía y, cuando a Begoña le traicionaba el carácter y se le escapaba algún comentario despectivo, sus amigos se ponían: Carroñaaaaaa... Y ella se percataba y rápidamente daba marcha atrás arrepentida porque en el fondo la Carroña era un oso de peluche. Su hermana, sin embargo, no. Lo de Montse era peor. Ni comparación. Todo el mundo la llamaba Montserrata, o la rata de Montse, porque era una egoísta que nunca compartía nada con nadie. Solo pensaba en ella y, si tenía una oportunidad, te la jugaba. Siempre pedía a los demás un mordisco del bocadillo y jamás les ofrecía una onza de su chocolatina. A los pequeños les decía «¿Me das una patatita?» y luego pegaba un tirón y se quedaba con la bolsa entera. Ya ves. Si se lo iban a contar al profesor, peor todavía. Montserrata tenía la capacidad de mentir con una sonrisa inocente y una caradura de aquí te espero: «No se la he quitado, profe. Se la estaba sujetando para que le resulte más cómodo comer». Y los profes se tragaban la trola. Y encima le regañaban al perjudicado por levantar falsos testimonios. Es lo que tiene ser tan guapa, que la gente se piensa que eres un angelito. Y la rata de Montse se aprovecha de ello. Pero ya te digo yo que de ángel no tiene nada. Más bien de demonio. A su hermana la traía de cabeza. Por la calle de la amargura. No hacía más que llamarle foca, ballena y salchicha. Las tres cosas que más le molestaban.

Cuando las localizamos en la fila de la N a la Z, Begoña llevaba calzado un gorro de esquiar en la cabeza y la petarda de su hermana no paraba de darle tirones hacia abajo para taparle los ojos.

—¡Bego! —gritó Ruedas nada más divisar a su amiga y esta vino al trote a darle un abrazo.

—Creí que ya no venías...

—¿Qué haces con ese gorro?

—Mi madre, que se ha empeñado en que en las montañas si no llevas gorro coges una pulmonía. Dice que el veinticinco por ciento del calor del cuerpo se escapa por la cabeza. Que el coco es nuestra chimenea y que, si no la tapamos, nos quedamos congelados.

—Eso será en invierno en Alaska, chica, pero estamos en El Espinar en verano.

—Ya, sin más. Prueba a decírselo tú.

—Yo se lo voy a decir, trae aquí —se ofreció voluntaria para la misión la doctora Elena Latón.

Y dicho y hecho. Mi novia atrapó al vuelo el gorro de Bego y se dirigió con paso firme a encontrarse con el matrimonio Pómez. Me hizo un guiño para que la siguiera pero lo que ocurre es que yo preferí quedarme en la fila por si Ruedas necesitaba mi ayuda. Mientras, José decidió sacar afuera a Raulito por si necesitaba ir al baño.

—No me digas que Montserrata también se ha apuntado al CMT. Por favor, dime que no o me da un soponcio —le suplicó Ruedas a su amiga.

—No te preocupes que solo ha venido a acompañarme —la tranquilizó la Carroña—. Quería acoplarse conmigo pero está castigada.

—¿Qué ha pasado?

—Que ha cateado seis la muy burra.

—Hala.

—El profe de Mates, el Matracas, que también da clase de ciencias, le ha puesto un cero en Naturales. Le cayó en el examen final el teorema de Arquímedes, que

por lo visto vale para saber por qué flotan los barcos y cuánto peso pueden aguantar sin hundirse. Total, que a mi hermana le dieron la fórmula esa del agua y le pidieron que calculara cuántas personas de cincuenta y tres kilos podían subirse a un buque de cuarenta toneladas antes de que este se fuera al fondo por exceso de peso. Y va Montse y responde: «Pues no sé. Que se vayan montando de uno en uno los pasajeros y ya veremos».

—¿De verdad?

—Como te lo cuento. Sin más.

—¿Y qué más le ha quedado?

—Todo. En Historia le preguntaron: «¿Puedes nombrar las Cruzadas?». Y respondió: «Sí, puedo». Y se quedó tan ancha. «¿En qué batalla murió el Cid Campeador?». Y dijo: «En su última batalla». Sin más. Esta hermanita mía es un *crack*. ¿Y a ti qué tal te va, tía?

—Bien, me han puesto *brakets*. ¿No te has dado cuenta?

—Ah, sí, moraditos. Te quedan muy bien.

—*Graks*.

—De *naks*.

Por fin nos tocó el turno y la monitora que estaba al mando de nuestra fila nos saludó muy simpática.

—Hola, me llamo Lola, bienvenidos al Campamento Montón de Trigo. ¿Es la primera acampada?

—Sí, es el primer año que vengo —repuso Ruedas.

—¿Y cómo te has enterado de que estábamos aquí? ¿En internet?

—Por la señora Martorell.

—¿Conoces a nuestra fundadora? —la interrumpió Lola sorprendida por la noticia.

—Sí.

—Menuda suerte. Yo todavía no he tenido oportunidad de hacerme una foto con ella. Llevo aquí tres años y como está mayor y ya no suele venir mucho a visitarnos no hemos coincidido en los turnos.

—Ah.

—¿Cómo te llamas?

—Candela Mosto, pero prefiero que me llamen Ruedas.

—Mosto, Mosto, Mosto... —rebuscó entre sus fichas la monitora—. ¡Aquí estás! Tienes once años, ¿verdad?

—Sí.

—Anda, pero si te toca en mi cabaña. Mira qué bien. ¿Ya te han explicado lo de los grupos?

—No.

—En CMT tenemos cuatro áreas de acampada. Dos de chicas y dos de chicos. Tu cabaña está en la zona de Fondilleras, así que durante tu estancia serás una fondillera.

—Vale.

—Pues luego nos veremos. Cuando salgas, sigue el sendero hacia el lago y busca la entrada a tu zona. Está señalizada con un rótulo de madera. Es la última. Tienes que pasar Ahumaos, Espinariegas y Bolluyos. Cuando entres en Fondilleras, tu cabaña es la tercera de la izquierda. Elige una cama y deja tus cosas encima. Tienes una hora para despedirte de tus padres. A las once en punto hemos citado a todos los campistas en el comedor. En este sobre tienes un mapa para que te orientes.

—Gracias.

—Perdone, señorita —atajé yo antes de que la monitora Lola diera por zanjado el encuentro—. ¿Sabe usted si hay alguna muerta enterrada por aquí cerca?

Me miró con cara de extrañeza, como dando por hecho que a mí me faltaba un tornillo. O dos. Yo le hubiera esclarecido que soy detective privado de profesión, con poco pelo pero tremenda ilusión, y que mi ayudante en realidad ingresaba en el campamento con la misión especial de descubrir un misteriosísimo enigma. A punto estuve de explicarle que el señor Martorell había ocultado hacía sesenta y ocho años un papel debajo de una muerta y que necesitábamos localizar el cadáver a toda costa. Pero Ruedas pegó un tirón de mi camisa, una prenda de lino de la marca Ted Felper, fresquita y veraniega, que me acababa de regalar Elena, y me solicitó que cerrase el pico. Ssssssh, me conminó llevándose el dedo a los labios. Con lo cual yo me di media vuelta sin mediar más palabras con aquella monitora y salimos del recinto. Ruedas acertaba al sugerirme que la dejara realizar su investigación sin levantar sospechas. De incógnito. En secreto. Lo que ocurre, y debo reconocerlo aunque me dé algo de vergüenza, es que yo estaba ansioso por echarle una mano. Por ayudar a resolver también el enigma. Al fin y al cabo, la señora Patrocinio había accedido a pagarme cinco euros en concepto de gastos administrativos por cederle a mi ayudante durante dos semanas y yo quería justificar el pago. Ganarme mi salario. Demostrar que me merecía aquel dinero. Por eso mismo, mientras avanzábamos por el sendero de tierra en busca de su cabaña, no paré de mirar en todas direcciones por si aparecía alguna tumba solitaria en la llanura.

Como nos indicaron en la casa de acogida, pasamos de largo Ahumaos y los otros dos lugares de acampada y enseguida llegamos a Fondilleras. El camino de arena se transformó en un sendero de hierba y las ruedas de la silla todoterreno respondieron de maravilla y avanzaron sin atascarse. Fondilleras estaba situado en medio de una explanada. A la derecha del recinto se levantaban unos barracones con duchas y baños y, a la izquierda, alejadas a una veintena de metros y cobijadas bajo la sombra de grandes pinos, estaban las cabañas. Cuatro en total. Ruedas no tuvo que contar hasta tres para saber cuál era la suya puesto que la rampa que bordeaba una de ellas la delataba. Qué bueno. La Patro había sido fiel a su compromiso de eliminar las barreras arquitectónicas de CMT para que Ruedas pudiera disfrutar, igual que el resto de los campistas, de todas sus actividades.

Entramos en la cabaña. Muy cuca. Muy apañada. Parecida a la del cuento de Ricitos de Oro y los tres osos. A la entrada había una cama individual y en el fondo seis literas. Ruedas fue a colocar sus cosas encima del colchón de la cama solitaria pero una voz que salió del techo la obligó a rectificar.

—Ahí duerme la monitora. Nosotras vamos en las literas.

Estiré el cuello hacia el lugar del que procedía la voz y observé a una niña grandullona, tan larga como el colchón, que asomó por una de las literas de arriba. La cama de abajo también estaba cogida, pues alguien había depositado sus trastos sobre el colchón. Así que Ruedas tomó posesión de la litera de al lado.

—Hola, soy Anizeto Calzeta. ¿Y tú cómo te llamas? —me acerqué a la chica grandota tratando de ser amable.

—Me llamo Pepa, pero cuando estornudo me llaman Jesús.

«Muy aguda», pensé y estuve estrujándome el cerebro para encontrar alguna gracia ingeniosa con la que contraatacar, pero no me vino ninguna ocurrencia a la cabeza.

—Hola, soy Ruedas —se presentó Candela—. ¿También es tu primer año?

—¿Primero? Llevo viniendo desde los siete.

—Ah, fenómeno. O sea, que te conoces el campamento a fondo —me alegré mientras sacaba el bloc de notas del bolsillo y agarraba el lápiz Staedtler Noris 120 de dureza 2B que reposaba sobre mi oreja derecha—. Muy bien, señorita Pepa, más conocida como Jesús cuando estornuda: ¿podría indicarme si ha visto por aquí algún cementerio, camposanto, enterramiento, iglesia con panteón o algún lugar donde pudiera reposar el cuerpo de una muerta?

—Ummmm —repuso pensativa—. Hay un par de tumbas en la Loma de los Ojos, en el camino al Montón de Trigo.

Un escalofrío me recorrió la espalda y, haciéndome el chulito, guiñé un ojo a mi ayudante para indicarle que aquel caso iba a resultar pan comido. Que lo resolveríamos antes de que yo me tuviese que largar de vuelta.

—¿Y dónde dice que están esas tumbas? —insistí para ir cerrando el caso.

—Por ahí lejos. Pasamos siempre cerca de ellas cuando hacemos la ascensión al monte. Están muy viejas y ni se leen los nombres. Eran unos novios a los que les sorprendió una tormenta en invierno y no pudieron encontrar el refugio del Puente Negro.

—¿Del Puente Negro? Caray con los nombrecitos —exclamó Ruedas con preocupación.

—La historia da mucho miedo —continuó Pepa—. La cuenta un monitor todos los años en el fuego de campamento y siempre hay algún campista nuevo que se va por las patas abajo.

—Ejem, ejem —carraspeé al darme cuenta de que aquellas tumbas quedaban lejos de mi alcance y que tendría que ser Ruedas quien las inspeccionara cuando subiera al monte. En cualquier caso, la primera parte del enigma («Debajo de la muerta») parecía de simple resolución. Ahora quedaba la segunda: «Encima de la vela». Así que pasé la página del bloc y volví a interpelar a mi testigo—. Dígame, Pepa: ¿ustedes usan velas en el campamento?

—No, aquí usamos linternas y algunas niñas se alumbran con una *app* del móvil.

En ese momento entraron en la cabaña los señores Pómez, acompañados por mi querida Elena Latón, y seguidos por sus dos hijas. Charito llevaba en su mano el gorro de lana de Begoña, y la veterinaria, con disimulo, formó el gesto de la victoria con sus dedos. Se conoce que había convencido a la directora del colegio de que en verano su hija no necesitaba ponerse un gorro polar en la montaña castellana. Me acerqué discretamente a mi novia para interesarme por los detalles de lo ocurrido y, por lo bajito, me sopló que el monitor le había explicado a los Pómez que en Segovia se considera un agravio ir con bufanda, guantes o gorro cuando el termómetro marca por encima de los cero grados. «Aquí al frío le llamamos fresco, señores», por lo visto le había explicado, «y abrigarse tanto es de niñas cursis». ¿Qué te parece? ¡Caramba con el monitor! El señor Pómez, siempre tan cariñoso, intentó darme un abrazo pero lo que ocurre es que, entre que sus brazos son bastante cortos y que yo tengo una barriga abundante, el pobre solo acertó a darme dos palmaditas sobre los hombros.

Estuvimos un ratito comprobando que las campistas hacían buenas migas y, finalmente, los adultos nos despedimos de la chiquillería. Elena, José y yo abrazamos a Ruedas como si de nuestra propia hija se tratara. La verdad es que los tres le habíamos cogido un gran cariño a ese renacuajo. También nos despedimos de Begoña y de Pepa con un par de besos. Agustín y Charito Pómez abrazaron y besuquearon a su hija con primor pero a las otras niñas, como son un poco estirados, simplemente les dieron la mano.

—Cuídate mucho, Ruedas —le transmití a mi ayudante mientras abandonaba la estancia—. ¿Has traído tu móvil para que podamos comunicarnos?

—Sí, pero aquí no me dejan usarlo —me contestó en voz baja—. Ya me lo han advertido. Además, tampoco tengo cobertura.

—Entonces utilicemos el método de comunicación tradicional.

—? —abrió mucho los ojos Ruedas poniendo cara de lechuza.

—Nos escribiremos postales. Mándame una postal con cualquier descubrimiento que realices o con cualquier duda que te surja. Y yo te iré contestando. No te olvides de ponerlo en mensaje cifrado. En un código secreto. Para que nadie nos pille los comunicados. Por si las moscas moscones, que a mí no me gustan los soplones.

—¿Sirve el Alfabeto de los Aviadores?

—Victor Alpha Lima Echo —le repuse aprobando la iniciativa.

5

DIRECCIÓN:
Señor detective privado
Don Anizeto Calzeta
Casa del chaflán, Buhardilla
Segovia, 40002

REMITE:
Candela Mosto
Campamento Montón de trigo
Grupo Fondilleras
El Espinar, Segovia, 40400

Querido tío Anizeto:

Ya sé que quedamos en intercambiarnos postales cortas con mensajes cifrados pero... tantas cosas han ocurrido en los últimos cinco días y tanto se ha empeñado por otro lado la monitora en que yo debía escribir una carta a la familia con mis experiencias (se conoce que lo de dedicar unas horas a la escritura es parte de las actividades obligatorias de este campamento), que al final he optado por hacerte un relato más sosegado de todo lo acontecido.

Para empezar diré que las pesquisas van mal. O, mejor dicho: medio mal. Aquí de velas nada de nada. Por muchas vueltas que le doy no consigo encontrarle sentido alguno a la segunda frase del enigma. «Encima de la vela». ¡Ummm! Tal y como nos comentó la Pepa el primer día, aquí nadie utiliza cirios. En las explanadas hay instaladas farolas que funcionan con paneles solares y los campistas nos movemos por los caminos con linternas. A Taco, que me está ayudando junto con el GPS a buscar pistas en Ahumaos y Bolluyos, sus zonas respectivas de dormitorio, se le ocurrió que tal vez el señor Martorell se refiriese a otro tipo de velas: las de los barcos. Y cierto es que su feliz idea nos pegó un subidón de adrenalina de aquí te espero. El martes, que Begoña y yo practicamos windsurfing en el embalse del Tejo, nos repasamos centímetro a centímetro cada uno de los paños de las tres embarcaciones que allí tienen disponibles. Pero no tuvimos éxito. Además, para colmo, el GPS le preguntó esa noche a su jefe de cuarto y este le confirmó que las tablas de surf las habían comprado hacía siete años y que antes solamente tenían barcas de remos. O sea, que ya me dirás tú a qué tipo de vela se referiría el señor Martorell en este campamento...

Por cierto: para mantenerme de pie encima de la tabla de surf, porque como te puedes imaginar la silla de ruedas no cabía, me tuve que poner el armazón ese que odio. Los hierros esos que me sujetan las piernas estiradas y voy andando como un robot, ñec, ñec, con ayuda de bastones.

Parecía un espárrago. Un caballero de la Edad Media parecía. Pero, bueno, sujeta por los pies y agarrada a la vela, navegué como los piratas. ¡Al abordajeeeeee! Y también me caí seis veces al agua, no te creas. Seis veces. Contaditas una detrás de otra. El profe de windsurf se ponía a dar saltos en la orilla como un sapo: ¡Ay, que se ahoga esta niña! ¡Ay, que con el peso de los hierros se va para el fondo del lago! Y yo me mondaba de la risa: Pero, profe, si no cubre. Si estoy sentada y ni me llega el agua al cuello. Y él: ¡Ay, sí, es verdad, menos mal! Y vuelta a ayudarme a subir a la tabla. Una cosa mala.

En cuanto a la segunda parte del misterio, tampoco marcha mucho mejor. Verás, las buenas noticias son que... ¡he localizado a la muerta! Sí, como lo oyes. ¿Qué te parece? He hecho un buen trabajo detectivesco, ¿verdad?

Graks. De naks. Lo digo con orgullo porque no ha resultado fácil, ¿eh? Que sepas que no se trataba para nada de la montañera esa que mencionó Pepa. La que estaba enterrada en el camino al Montón de Trigo. No, aunque, como descubrirás más adelante, nuestra muerta estaba casi en el mismo sitio. Ya verás. Pero antes de explicarte los pormenores prefiero adelantarte una malísima noticia para que no te hagas ilusiones: el tamaño del cadáver que he descubierto es tan grande, tan enorme, tan abismal, que ni en todos los días de mi vida terminaría de escarbar debajo de esa muerta para localizar el dichoso papelito. Enseguida lo vas a entender todo y confío en que tal vez tú, con tu sabiduría investigadora, encuentres una fórmula que nos ayude a salir de este atolladero. De este terrible atasco. De este callejón sin salida. De este fondo de saco. No quisiera, por nada del mundo, que la pobre señora Patrocinio se quedara sin conocer la respuesta de su padre. Ni tampoco que, por culpa de mi fracaso como ayudante del detective más barato del mundo, tú, el gran Anizeto Calzeta, no llegaras a cobrar los cinco euros que te prometió la Patro por resolver con éxito la misión. Te cuento...

Así comenzaba la carta que me encontré en mi buzón justo una semana después de que me despidiera de Ruedas en el Campamento Montón de Trigo. Venía en un sobre que decía Por Avión y traía un sello de Zipi y Zape en la esquina superior. Por fortuna el cartero no lo había machacado del todo con el matasellos y pude salvarlo, después de dejarlo un buen rato a remojo en el lavabo, para mi colección particular de filatelia. Para leer la carta me acerqué a la ventana en busca de la luz solar. A mi edad a uno ya se le cansa la vista y comienza a leer con el trasero. Quiero decir que, cuanto más aleje de los ojos la hoja con los brazos hacia abajo y, por tanto, más cerca del trasero la coloque, mejor puedo enfocar para leerla. Por eso la doctora Elena Latón me dice a veces, y perdóname la expresión, «hijo, Anizeto, es que tú ves con el trasero».

La redacción de la carta resultó muy emotiva y casi sin faltas de ortografía. Así, que yo recuerde, había un *andé* en vez de un anduve y un voy *ha* averiguar con hache. Y nada más, a excepción de que no sé a cuento de qué venía eso de llamarme tío Anizeto. Pero, bueno, salvando ese detalle que tendré que preguntarle, el continente, el formato, el estilo era soberbio. Pero el contenido, el mensaje, lo que en la carta me contaba, me puso de los nervios. Frustradito me quedé.

Tirándome de los tres pelos que me quedan en el coco al comprobar desesperado que no podía echarle una mano a mi amiga. ¡Me hubiera encantado salir trotando como un hipopótamo de la sabana, y personarme a toda pastilla en Fondilleras! Pero no podía ser. En CMT no admitían campistas tan mayorzotes como yo. Así que me subía por las paredes. Me hervía la sangre. Me comía las uñas. Los dedos enteros me merendaba de la ansiedad que me entró. Por un instante barajé la posibilidad de colarme en el campamento disfrazado de monitor, pero desestimé la idea de inmediato por el alto riesgo que entrañaba. Los mastines del guarda me sorprenderían. Me pillarían. Me perseguirían por el campo Mica, Cuarzo y Feldespato atizándome mordiscos en el trasero.

En cualquier caso, ahora mismo mismito no tengo delante la carta de mi ayudante para leértela de corrido porque no estoy en mi oficina. Ni siquiera estoy en Segovia. Me encuentro exactamente a 514 kilómetros de distancia de la Casa del chaflán, en una ciudad que rima con la palabra «pomada». He llegado en coche, por la Autovía del Sur, y he tardado cinco horas y veinticinco minutos. Elena Latón tenía que traerle un gato de Angora a una clienta y me ha invitado a acompañarla. Menos mal. No sabes qué alegría. Llevaba muchos años queriendo visitar un palacio muy importante que levantaron los árabes en esta localidad y nunca hasta ahora se me había presentado la ocasión. Se trata de un monumento histórico tan importante como el Acueducto; con eso te digo todo. Es un castillo que está en la falda de la montaña más alta de la península ibérica y cuyo nombre rima con «pelambra». ¿Te suena? La Pelambra de Pomada. Je, je...

Bueno, pues lo que ocurre es que como no me he traído la carta al viaje, no te la puedo repetir de memoria. Ni aunque quisiera. Ni aunque me estrujase el cebollino al máximo. Mira, para que veas que no te engaño, cara de peldaño, voy a intentarlo. Primero voy a concentrarme mucho estirando los labios a tope hacia delante en postura de beso de pato... ¡Nada! ¿Ves? Por más que me he esforzado no me ha venido la carta a la memoria. Ahora voy a inflar a tope los carrillos para poner cara de pompa... ¡Tampoco funciona! Caramba. Es que a mí con la carta de Ruedas me pasa lo mismo que a mucha gente con los libros: que de memoria solamente recuerdan el comienzo. Todo el mundo se sabe la primera línea de *El Quijote*, «en un lugar de La Mancha de cuyo nombre no quiero acordarme», pero ¿a que nadie recuerda qué pasa en la página tres del libro?

Ni en la siete. Y mucho menos cómo termina. Porque su memoria tiene un límite. Y la mía también.

Ahora bien: lo que ocurre es que una cosa es que no sea capaz de recordar palabra por palabra, punto por punto, la susodicha carta; y otra muy diferente que no pueda contar a mi manera lo que en ella se relataba. ¿Cómo podría olvidarme si los hechos a que hacía referencia Ruedas eran de esas cosas que, cuando te enteras, te quedas bizco porque no te las esperas? Acontecimientos tan emocionantes que me emociono al emocionarme de lo emocionado que me puse por la emoción al leerlos. Bueno, tú ya me entiendes. Es que cuando estoy impaciente por contar una historia me aturrullo. Me trambuliqueo. Me hago un nudo con las frases. Pero allá voy. Deséame suerte. Ay, caramba.

A las once en punto de la mañana, cuando todos los padres habían desaparecido, los monitores congregaron a los campistas en el comedor. Ruedas marchó hacia la zona de ocio en compañía de Begoña y de Pepa y seguida por las otras nueve habitantes de su cabaña con las que apenas había tenido tiempo de intercambiar un saludo. Todas ellas debían de rondar los once o doce años excepto una tal Mandarina, que parecía bastante menor, y la grandullona de Pepa, que debía de haber cumplido ya los quince.

—¡Hola a todos los campistas de CMT y bienvenidos al campamento! —saludó por un megáfono un monitor de cuerpo espigado y con dientes de roedor.

—Ese es el Conejo —le sopló Pepa al oído a Ruedas—. Es el tío que dirige las actividades de arte.

—Pues tan larguirucho, más que un conejo parece una liebre —corrigió Begoña por lo bajito con una risita.

—¡Como bien sabéis los campistas que habéis participado en alguna acampada anterior con nosotros... —continuó el director artístico—, tenemos un himno oficial de CMT!

Y en ese momento empezó a sonar por los altavoces un cántico que casi todos los campistas acompañaron al unísono con sus voces.

A olvidarte de las penas,
no cabe el aburrimiento,
que estamos de enhorabuena,
bienvenido al campamento.
Levanta el brazo
y baja el codo.
¡Ce Eme Te! ¡Ce Eme Te!
Donde pués hacer de todo.

—¡Bieeeeeeennnnn! —prorrumpieron en un aplauso emocionado todos los presentes.

—¡Pero además de nuestro querido himno de CMT... —continuó el tipo con aspecto de conejo—, cada año componemos entre todos una nueva canción! ¡La canción de la nueva temporada! ¡Así que voy a solicitar vuestra ayuda para este cometido!

—Tierra, trágame —musitó Begoña—. Tía, no me digas que aquí también nos van a preguntar como en el cole. Yo pensaba que veníamos de vacas. A disfrutar. A darnos crema con protección solar y tumbarnos en la toalla.

¡No os asustéis! —trató de calmar a la concurrencia el monitor al captar la preocupación en los rostros de los nuevos campistas—. ¡A ver, que esto va en broma! La canción de temporada es una excusa para pasarlo bien. Para reírnos, que la risa es buena compañera. Venga. Para empezar, ¡que levante la mano a quien se le ocurra una palabra que rime con «trigo»!

—¡Ombligo! —gritó Taco desde su banco alzando la mano sobre el resto de las cabezas.

—¡Excelente! ¡Pues ya tenemos el primer verso: el Montón de Trigo parece un ombligo! ¡A ver, todos, vamos a cantarla! ¡El Montón de Triiiiiiigo... parece un ombliiiiigo! ¡Venga, no seáis tímidos! ¡Todos conmigo!

Y un centenar de voces infantiles, con una entonación similar a la de un coro de gallinas, se puso a repetir aquellos dos versitos siguiendo el compás que marcaba el director artístico.

—¡El Montón de Triiiiiiiiiigo... parece un ombliiiiiiiiiigo! —y nada más terminar se produjo un aluvión de risitas—. Ji, ji, ji.

—¡Muy bien! ¡Muy bien! ¡Lo habéis captado! ¡De eso se trata: de pasarlo chanchi! ¡¿Alguien más se anima con otra palabreja que rime con «trigo»?!

—¡Yo! ¡Yo! ¡Aquí! ¡Yo! —brincó la niña que aparentaba menos edad que el resto encima de la banqueta.

—¡A ver, Mandarina! —la identificó el monitor desde el megáfono porque obviamente la conocía de otros años.

—¡Montón de Trigo también rima con higo! —gritó la pequeñaja.

—¡Sí, señorita! —corroboró el Conejo—. ¡Ya lo tenemos: el Montón de Trigo parece un ombligo con forma de higo! ¡A ver, todos!

Y el grupo de campistas comenzó de nuevo a corear divertido.

—¡El Montón de Triiiiiiiigo! ¡Parece un ombliiiiiiigo! ¡Con forma de hiiiiiigo! Ji, ji, ji…

Después de este cántico, que el director de actividades artísticas explicó que irían repasando a lo largo de los días, la monitora Lola pasó a explicar las normas de convivencia vigentes en el campamento. Y en lo que más insistió fue en que no se permitiría, bajo ningún concepto, que un campista molestase a otro. Ni con insultos ni con malos tratos.

—Aquí cada uno tenemos nuestros nombres propios —dijo—, y no aceptamos motes o nombrecitos degradantes. Ni para campistas ni para monitores. ¿Entendido? ¿Queda claro?

En ese momento, Begoña se sintió fatal. Avergonzada, se volvió hacia Pepa y le susurró al oído:

—Tía, no deberíamos llamar Conejo al director artístico.

—¿Por qué? —preguntó la Pepa encogiéndose de hombros.

—Porque tiene un nombre.

—Claro. Por eso mismo no hay problema: mira.

Y pegando un grito de espanto, la grandullona se puso en pie y soltó:

—¡Coneeejooooo!

El director artístico se dio la vuelta ajustándose las gafas al oír el alarido de la campista grandullona. Qué descarada la Pepa. Begoña hubiera deseado ser invisible. Desaparecer. Que la tragase la tierra. El monitor recorrió con la mirada el comedor hasta distinguir a la protagonista del alarido y, bajando el megáfono, se acercó hacia ella. ¡Glup!

—¿Qué decías, Pepa?

—Nada, Conejo.

—¡Ah! —Begoña pegó un respingo en su banqueta.

—Que aquí esta niña nueva... —y señaló a la Carroña, que estaba más roja que un pimiento morrón— quería saber tu nombre completo.

—Ah, pues eso está hecho —respondió el director dedicándole una sonrisa a Begoña. Y, enseguida, volviendo a colocarse el megáfono en los labios se dirigió a toda la concurrencia—: ¡Perdonad que no me haya presentado antes! ¡Me llamo José Ramón Conejo Mata y soy el director artístico de CMT! ¡Este es mi cuarto año y estaré encantado de trabajar con todos aquellos campistas que elijan música, pintura o modelado!

—Gracias, Conejo.

—A mandar, Pepita.

¿Pepita? ¿Como las de los melones? A Begoña le entró una risa floja que se contagió primero a Ruedas, luego a Mandarina y, finalmente, a toda la fila. La monitora Lola aprovechó el descontrol para dar por terminada la charla y preguntó si alguien tenía alguna duda. Dijo que en unos instantes comenzarían las diversas actividades programadas para el primer día y que, si alguien necesitaba esclarecer algún punto, mejor que lo hiciera en ese momento.

—Venga, chicos —los animó Lola—. Que el que haga una pregunta se sentirá idiota por un minuto, pero el que se quede sin hacerla se va a sentir idiota para el resto de su vida.

Entonces Gonzalito Peripuesto Sánchez, popularmente conocido como el agente GPS, motivado por aquellas alentadoras palabras de la monitora, levantó el dedo y se puso:

—Montón de Trigo, ¿apellido?

Nada más romper filas, cada campista tuvo que apuntar su nombre en una pizarra enorme donde aparecían escritas con tiza las actividades disponibles antes del almuerzo. Ajedrez, un juego de pelota especial del campamento al que llaman Gama, pimpón, decoración de camisetas, patines y vuelo de cometas. Taco, el GPS, Begoña y Ruedas se apuntaron todos a lo mismo: a pintarrajear camisetas. Mi ayudante aprovechó la ocasión para ponerles al día del soplo que le había hecho la Pepa sobre las tumbas de los montañeros y les pidió que estuvieran atentos a cualquier pista. Que necesitaban a toda costa localizar a una muerta y una vela y que, por lo que parecía, el manuscrito desaparecido debería estar en medio de ambas. «Encima de la vela. Debajo de la muerta». O al revés, que tanto monta. Que lo mismo da. Que monta tanto.

Mientras arrojaban pintura acrílica de colores encima de la tela de algodón, Taco les propuso a sus compañeros jugar a las adivinanzas. Begoña y el GPS pasaron, pero

Ruedas aceptó el reto. Echaron a dedos y le tocó empezar al mexicano.

—A ver, Rueditas. ¿Cuál es el único animal que tiene las cinco vocales?

—¿Que las tiene cómo?

—Como quiera tenerlas, pero las tiene.

—Querrás decir qué animal contiene las cinco vocales en su nombre, ¿no?

—Mira que eres relista, güey. Se nota que te dedicas a la investigación.

—Pues el paramecio.

—¡Frío!

—El camaleón.

—¡Frío!

—Espera. Espera. Déjame pensar. El este... El... ¡Ah, sí: el bogavante!

—No. Se te agotó el tiempo.

—¡Espera!

—Se acabó. Haz clic y minimízate. Era el murciélago. Ese bicho es el único que tiene las vocales a, e, i, o, u en su nombre. Tu turno. Chicos 1 - Chicas 0.

El Conejo les pidió que colocaran las camisetas en unas planchas para que se secase la pintura y así lo hicieron. Mientras tanto, Ruedas se rascaba la frente pensativa y estuvo dándole un rato al tarro. Al final se le iluminó la cara.

—¿De dónde te sacaste ese acertijo, Taco?

—Me lo contó mi madre, güey.

—Pues te propongo una nueva regla para el juego: que, si en lugar de usar una adivinanza que nos hayan contado, la inventamos nosotros, valga dos puntos.

—Explícate mejor, chiquilicuatre.

—Me acabo de inventar una. Si la aciertas, te llevas dos puntos, pero si no la sacas, entonces me los anotaré yo y te ganaré dos a uno. Chicas 2 - Chicos 1. ¿Aceptas?

—Hecho. Desembucha.

—Aquí va: ¿en qué se parece la fábrica de pan de la niña pequeñaja que hay en mi cabaña a un camión de trigo?

—¿Qué es eso? Vete por las tortillas. Eso no es una adivinanza. Eso no hay quien lo entienda.

—Pues claro que es una adivinanza. ¡Piensa un poco, detective!

—A ver: repíteme nomás.

—¿En qué se parece la fábrica de pan de la niña pequeñaja que hay en mi cabaña a...?

—No conozco a ninguna niña de tu cabaña.

—Está bien, se llama Mandarina.

—Dale entonces. En qué se parece la fábrica de pan de la Mandarina... ¿a qué dices?

—A un camión de trigo.

—Aguarda. ¿Cómo sabes que la tal Mandarina esa tiene una fábrica de pan?

—No lo sé. Eso es lo de menos. Es una adivinanza; no tiene por qué ser verdad.

—De acuerdo. Dale. En qué se parece la fábrica de pan de Mandarina... ¿a un camión de trigo?

—Sí.

—Ni idea, chica. Me rindo.

—Pues es bien fácil. Escucha: la persona

que fabrica el pan es Mandarina y el camión manda harina a la fábrica de pan. ¿Lo pillas? Mandarina y manda harina.

—Qué onda, está padrísimo, güey. ¿Cómo no pude adivinarlo? Un día me vas a matar de un coraje. Se te da superbién esto de las adivinanzas. Chido que inventes cosas así. Me gustó un chorro.

—Sí, sí, pero te he ganado. Dos a uno. Que lo sepas.

Terminaron la actividad, dejaron las camisetas tendidas en el secador y salieron afuera para regresar al comedor. Era la hora del almuerzo y en la cocina los aguardaba la cocinera con una fuente gigantesca de espaguetis con bolas de carne y salsa de tomate. Los cuatro amigos se sentaron juntos. Hicieron algunas bromas y decidieron que por la tarde, cuando se separase cada uno para hacer las actividades que les correspondieran en sus zonas respectivas, comenzarían a interrogar con discreción a monitores y campistas sobre muertas y velas. Al día siguiente compartirían sus pesquisas y se pondrían manos a la obra. Tenían solamente quince días para resolver el enigma y no podían dejar pasar ni uno sin conseguir resultados. Antes de levantarse, cuando ya Ruedas se había despedido de los demás, de pronto el GPS alzó la mano y dejó caer con voz misteriosa:

—Quietos ahí todos. Un momento.

—¿Qué pasa? —preguntó Taco algo alarmado.

—Sacad todos el bloc de notas y el boli —ordenó el Peripuesto.

—¿Ya tienes alguna pista? —sugirió Ruedas, inquieta.

—¿Ya tienes alguna pista? ¿Ya tienes alguna pista? ¿Ya tienes alguna pista? ¿Ya

tienes alguna pista? —repitió machaconamente Gonzalito, que a veces se atascaba al intentar expresarse.

—Venga, güey, sigue tomando y acábate el hígado. ¿Qué quieres nomás? —le sacudió los hombros Taco para que volviera a coger el hilo.

—¿No os gustan tanto las adivinanzas? —preguntó el GPS.

—A mí no tanto, tío —reconoció Begoña.

—Pues vas a cambiar de opinión. Coge el lapicero y prepárate a alucinar.

Y entonces Gonzalito les propuso un juego que, si te digo la verdad, a mí me ha dejado con los ojos hechos chiribitas. Atónito. Turulato y desconcertado. Te propongo que, mientras te lo cuento tal y como me lo relató a mí Ruedas en su carta, tú también intentes hacerlo porque vas a quedarte de piedra. Coge un papel y un lápiz que te espero cantando una canción. El Montón de Triiiiiiigo... parece un ombliiiiiigo... con forma de hiiiiiigo... ¿Ya? Pues, hale, sigue las instrucciones de Gonzalito Peripuesto Sánchez.

La Carroña, Ruedas y Taco sacaron sus libretas de apuntes del bolsillo y afilaron la mina de sus lápices con el cinturón CMT, abrechapas y sacapuntas, que les habían regalado en el paquete de bienvenida. Y, obedientes, siguieron las instrucciones de su amigo.

—Pensad cada uno un número del 1 al 10 y apuntadlo sin que yo lo vea —les dijo—. Ahora multiplicad ese número por 2. ¿Ya está? Sumad 8 al número resultante de la multiplicación. Dividid el número que ha salido entre 2. ¿Sí? Continuamos. Al número resultante restadle el número que pensasteis al principio. Os dejo tiempo.

—Ya está —comentó sin mucho entusiasmo Begoña.

—¡Listo! —indicó Taco.

—Vale —confirmó Ruedas.

—El número que os ha salido lo tenéis que convertir en una letra del alfabeto. Si es un 1, es la letra A. Si es un 2, será la B. Si es un 3, será la C y así sucesivamente.

—Menudo rollo, tío —protestó la Carroña—. Yo no he venido al campamento a hacer mates. He venido a escuchar historias de miedo acurrucada calentita en una manta frente a una hoguera. Estás tú...

—Acurrucada calentita. Acurrucada calentita. Acurrucada calentita —repitió mecánicamente el GPS—. Manta, ¿apellido?

—A ver, que no tienen llenadera. Paren ya de discutir. ¿Qué hacemos ahora, GPS?

—Ahora tenéis que pensar en un país de Europa que empiece por esa letra. Si es la F, por ejemplo, puede ser Francia. Si es la P, Portugal, y así sucesivamente.

—Ya está —volvió a decirle sin demasiada emoción Begoña.

—¡Listo! —apuntó Taco.

—Yo también lo tengo —remató Ruedas.

—Vale. Ahora pensad en la letra siguiente a la letra que habéis usado. Si la letra del país era una B, pensad en la C. Si era una M, en la N y así sucesivamente. Cuando la tengáis, pensad en un animal que empiece por esa letra.

—¡Listo! —sonrió orgulloso Taco.

—Ya tengo mi animal, Gonzalito —informó Ruedas.

—¿Y ahora qué pasa, tío? —inquirió la campista Carroña con desgana.

—Ahora, os voy a hacer a todos una pregunta que os va a dejar boquiabiertos.

Gonzalo Sánchez, apodado Gonzalito Peripuesto porque siempre iba vestido de punta en blanco, repeinado, hecho un pimpollo, se puso en pie y con gran solemnidad se dirigió a sus contertulios.

—Queridos amigos: ¿podríais explicarme qué hace un elefante viviendo en Dinamarca? Yo creía que los elefantes vivían en la jungla. Je, je...

Los tres se llevaron al unísono las manos a la boca.

—¡Oh!

—¡Ahí va!

—¡Chido, Liro, Ramiro y el vampiro Clodomiro!

Gonzalito examinó sus papeles y comprobó con una pícara sonrisa que los tres habían escrito Dinamarca y Elefante. Y que cada uno de ellos había pensado un número diferente. Ruedas el 3, Taco el 8 y Begoña Carroña el 2. ¿Cómo lo había hecho? Pues yo lo sé, chincha rabiña, porque a continuación me lo explicó mi ayudante en su carta. Y ya se lo he hecho a la doctora Latón y ella, a su vez, a la señora Tiburcia y a un par de clientes de la tienda de animales. Todo el mundo alucina. Tú también deberías hacérselo a tus amigos y familiares. Te paso el secreto. Mira.

Lo que ocurre es que cualquier número que elijas del 1 al 10, si lo multiplicas por 2, le sumas 8, lo divides entre 2 y le restas ese mismo número, da siempre como resultado 4. Siempre, siempre, siempre. Da igual si escoges el 2 o el 7. Funciona para el 5 igual que para el 8. Y lo mismo para el 1. Elijas el número que elijas del 1 al 10, al final de este juego siempre te sale el 4. Haz la prueba con el número que quieras y verás que no te engaño, cara de paño. ¿Lo has comprobado? Muy bien. Seguimos. Pues como siempre sale 4, cuando te piden que transformes tu número en una letra del abecedario, siempre te saldrá la D. ¿Por qué? Pues porque la D es la cuarta letra del alfabeto. A, B, C, D... ¿Lo ves? La D coincide con el 4. Seguimos. Y ahora tú te estarás haciendo una pregunta decisiva: ¿y por qué siempre sale Dinamarca y no otro país? También es muy sencillo. La respuesta es obvia porque en Europa solamente hay un país que empieza por la letra D. ¿Se te ocurre cuál puede ser? ¿Ditalia? ¿Drusia? Exactamente. Lo has adivinado. Se trata de Dinamarca.

Ah, y ahora viene lo del elefante. Eso tengo que reconocerte que es cuestión de suerte; que puede que no funcione siempre pero... tampoco suele fallar. La letra que sigue a la D en el alfabeto es la E y, aunque es verdad que hay bastantes animales que empiezan por esa vocal, lo normal es que todo el mundo piense en un elefante. ¿Por qué? Yo qué sé. A lo mejor porque es el más grande. Vete a saber, pero es así. Casi nadie piensa en un erizo o en una estrella de mar. Y menos todavía en un escorpión. Así que ya ves qué sencillo resulta el juego del GPS. Ya ves qué fácil. ¿A qué esperas entonces para sorprender a algún amigo? Corre, dile que elija un número del 1 al 10. Que lo multiplique por 2…

Te contaría más detalles de la misiva de Ruedas, mi «sobrinita», pero ahora no tengo tiempo porque me está mandando un mensaje al móvil mi queridísima novia para que baje inmediatamente a la calle a encontrarme con ella. Una pena, con lo bien que estoy en la habitación de este lujoso hotel de dos estrellas con servicio de habitaciones y minibar. Bueno, el minibar consiste en una neverita blanca más vacía que un bingo en Nochebuena, pero me he traído maíz morado peruano para hacer chicha y la tengo puesta a refrescar. Ahora nos vamos de excursión. A hacer una visita nocturna al palacio árabe ese que está en esta ciudad andaluza que rima con la palabra «destartalada». Y con «desnatada». Hicimos la reserva hace dos meses por internet y no nos podemos retrasar porque nos dejan fuera. Así que: hasta la vista, malabarista. Nos hablamos.

6

Querido diario:

El Campamento Montón de Trigo está fenomenal. No sé cómo no me había podido enterar antes de su existencia. De haberlo sabido, me habría apuntado todos los veranos. Pienso volver el año que viene y, nada de dos semanas, todo el mes entero. Los campistas han resultado ser todos muy simpáticos y los monitores son muy atentos con los niños. Aprendemos muchas canciones, juegos y hacemos un montón de actividades al aire libre. He hecho nuevas amistades y con Pepa me llevo estupendamente. La que no deja de sorprenderme es Begoña. ¡Tiene unas cosas! Ayer por la mañana en el desayuno otra campista le vertió los cereales en su taza y se cogió un rebote de espanto. Se puso hecha un obelisco. Refunfuñaba. Y yo le pregunté que por qué se ponía así por algo tan nimio. Tan sin importancia. Que aquella chica lo había hecho con su mejor intención. Y va y me suelta: Es que, tía, no sé por qué me tiene que echar ella los cereales si no me conoce de nada, si ni se imagina por lo que yo he tenido que pasar en la vida. ¿?

Ayer fue el quinto día de mi estancia y viví grandes emociones. Casi todas se las he relatado ya en una larga carta que le he mandado hace unos minutos a Anizeto Calzeta. Es que aquí nos obligan a traer sobres ya con el sello pegado para escribirles a nuestros padres. Yo les he convencido de que, como mami y papi están en Estados Unidos, para cuando les llegase allí la carta estarían ya de vuelta y que prefería dirigírsela a mi tío Anizeto (les he tenido que mentir un poco y decirles que Calzeta era mi tío para que colase). Total, que me pillas ya sin muchas ganas de volverte a contar todo. Pero hay un acontecimiento de vital importancia que considero que ha de constar en este diario; así que voy a hacer un esfuerzo por no aburrirme a mí misma al repetir otra vez los hechos y te voy a decir lo que me pasó.

En el comedor, después del incidente de los cereales, esta mañana nos anunciaron que nos cambiásemos de ropa porque íbamos a realizar la ascensión al Montón de Trigo. Que nos pusiéramos pantalones largos y cogiésemos un jersey y el chubasquero porque los cambios de tiempo son impredecibles en las montañas. Que llevásemos la cámara para hacer fotos y la cantimplora rellena de agua. Y una linterna y cerillas por si tuviéramos que encender una hoguera para calentarnos. El resto nos lo dieron ellos: un bocadillo de filete ruso, un yogur, un sándwich mixto con lechuga y tomate, una bolsa de patatas, un batido de chocolate, dos magdalenas y una manzana. También nos repartieron una copia del mapa que voy a dejar pegado aquí mismito.

Antes de partir, el Conejo nos hizo revisar las mochilas para comprobar que no nos dejábamos nada. Especialmente nos dio la brasa con el saco de dormir. Nos insistió varias veces con que el saco de dormir, la mochila y las botas son los tres objetos personales más importantes de una acampada. Dijo que él prefiere los que no tienen cremallera ya que por ahí es por donde suelen romperse todos y que, además, resulta muy poco apetecible sentir el frío del metal en invierno. Y de paso recordó que estaba absolutamente prohibido ponerle pasta de dientes a ningún campista en la cremallera. Que ese tipo de bromitas se consideraban en CMT gamberradas y que si se enteraba de que alguien lo había hecho, le mandaría para casa. Luego explicó que existían dos tipos de sacos: los rectangulares y los que tenían la forma de una funda para momias. Y que recomendaba a quienes hubieran traído estos últimos que se pusieran por la noche la capucha porque el veinticinco por ciento del calor corporal se escapa por la cabeza.

—No, tía, si al final iba a tener razón mi madre con el gorrito —me susurró Begoña.

Y, por fin, el monitor Conejo terminó con una serie de consejos prácticos:

—Si hacéis un poco de ejercicio antes de acostaros, con el calor del cuerpo el saco se os calentará antes. Los que no traigáis almohada, rellenad la funda del saco con la ropa. Y mañana nada más levantaros acordaos de darle la vuelta y tenderlo en la pradera para que se airee y pierda la humedad que le hayáis transmitido. Y ahora: ¡en marcha!

Salimos todos en fila india por la pista forestal. Un monitor, doce niños. Una monitora, doce niñas. Y así cruzamos el río Moros y atravesamos el bosque. Mandarina, como tiene los brazos tan cerca del suelo, iba recogiendo piñones casi sin agacharse y guardándolos en la mochila. Caminamos entonando el himno del campamento, la canción del ombligo y muchas otras que nos habían enseñado en los días anteriores o que aprendíamos sobre la marcha. La que más éxito tuvo fue la de Oh Alele. El Conejo gritaba un verso y los demás lo repetíamos a coro. Iba así:

Oh Alele
Oh Alele
Alele Ciketonga
Alele Ciketonga
Ambassa, ambassa, ambassa
Ambassa, ambassa, ambassa
Oh Alé, Aloá Aloé
Oh Alé, Aloá, Aloé

Yo no sé decirte las veces que repetiríamos aquella cancioncita. ¿Cien? ¿Doscientas? El caso es que no nos cansábamos y, cada vez, la coreábamos más alto.

Al cabo de un par de horas de marcha hicimos un alto en la Loma de los Ojos que, ya te aviso, no se llama así porque la colina tenga gafas. La bautizaron así porque al lado nace el río Moros y al manantial de un río le dicen aquí los ojos. Yo creo que será porque es la primera vez que el agua ve la superficie terrestre. ¿Tú qué crees? Allí nos mezclamos todos y nos zampamos el sándwich mixto y las patatas. Todos menos la Pepa, que se distrajo y una cabra le arrebató la bolsa y se la masticó con el plástico incluido.

—¿Lista? —me interpeló Taco.

—¿Para qué? —le dije yo.

—Para continuar la partida. A ver: ¿sabrías decirme la diferencia entre una cabra y un bolígrafo?

—No.

—¿Nooo? Pues ten cuidado cuando vayas a comprar un bolígrafo, que no te den una cabra... Ja, ja. Chicas 2 - Chicos 2. ¡Estamos empatados, güey!

Cuando a Pepa se le pasó el sofoco por el ataque inesperado de la cabra, vino a hacerme una proposición.

—Te enseño dónde está tu muerta si me das patatas.

MAPA CAMPAME
MONTÓN DE TRIG
M.M.
LA PINAREJA
CORRALES DE LAS CABRAS
COLLADO TIROBARRA
1984
PEÑA DEL OSO
2196
2161
MONTÓN DE TRIGO
CANTERAS
PUNTA DE LA APRETURA
CAMPAMENTO MONTÓN DE TRIGO
LOMA DE LOS OJOS
ARROYO TIROBARRA
COLLADO DEL MINGUETE
CERRO DEL MINGUETE
2026
OJOS DE RÍO MOROS
RÍO MOROS
FUENTE DE LA FUENFRÍA
ANMAPA
SIETE PICOS
PUERTO DE LA FUENFRÍA
COLLADO VENTOSO
BOSQUE
EMBALSE DEL TEJO O LAS TABLADILLAS
REFUGIO DE TABLADILLAS
REFUGIO FUENTE DE LOS GUISOS

Dicho y hecho. Le pasé mi bolsa para que se las terminase y me condujo a una hondonada entre los caudales del río Moros y el arroyo Tirobarra. Una vez allí, con una sonrisa cómplice, me señaló un montón de piedras con una cruz de palos incrustada en el centro y me dijo que ahí estaba. Sin dilación, sin pensármelo dos veces, en menos que canta un gallo, me abalancé desde la silla sobre los pedruscos de granito y comencé a apartarlos soñando con que debajo aparecería alguna caja, la funda metálica de un puro, un *tupperware*, o algo que contuviera el ansiado papel que buscaba la Patro. Pero allí no encontré nada más que cagarrutas de cabra, un par de escarabajos, una lagartija que echó a correr y casi se me mete por la pernera del pantalón y hierba amarilleada por la falta de sol. De papelitos nada.

Begoña, que nos había seguido en silencio, se acercó a mí y me ayudó a incorporarme en la silla.

—Tía, desconozco si te has percatado de que el acertijo dice «Debajo de la muerta» y tú estás escarbando encima.

—Sí, hombre, no te digo, me voy a poner a buscar el cuerpo y darle un abrazo al esqueleto. Y un besito también. Estás tú...

—¿Qué cuerpo? —preguntó con voz seria la monitora Lola que, por lo visto, también nos había espiado y escuchado la conversación.

—Es que queríamos comprobar si la historia de los montañeros muertos es cierta —improvisó rápidamente Pepa—. Y como nos han dicho que están enterrados aquí...

—Anda, anda, dejaos de pamplinas. Para empezar, la historia de los montañeros no es cierta. Se la inventó una monitora hace años para asustar a los campistas en el fuego de campamento y en CMT se ha convertido en una leyenda. Pero aquí no se murió nadie buscando el refugio del Puente Negro. Gracias a Dios está muy bien indicado. ¿O es que no habéis mirado el mapa? Así que ahí no vais a encontrar muerta que valga. Eso os lo garantizo yo.

—¿Y entonces esta tumba? —reté yo a la monitora señalando la cruz confeccionada con dos palos y una cuerda.

—Eso que acabáis de destrozar, y que, por cierto, vais a volver a poner en su sitio tal y como estaba, no es una tumba. Es un altar.

—¿Un altar? —soltó Begoña, desconcertada.

—Sí, señoritas y... ejem, ejem —carraspeó para indicarles que procedieran a recolocar las piedras—. En las fiestas de la Virgen se acerca aquí el cura de El Espinar a celebrar misas de campaña. Y adornan la cruz con lirios para que quede más lucido.

Así fue como se acabó la muerta de Pepa. Ni encima, ni debajo. No había cadáver que valiese. Me entró bastante desánimo y Lola, que por cierto es un primor, se dio cuenta y empujó mi silla hasta la loma para evitarme el esfuerzo. En eso habíamos quedado: que yo ascendería por mí misma cuando pudiese, y ella me empujaría o tiraría de mí cuando fuera necesario. Pero que la menda subiría a la cima y me haría nombrar caballera de los dos mil. Un honor reservado a los montañeros valientes que llegaban a separar sus pies dos kilómetros sobre el nivel del mar.

—Nivel del mar, ¿apellido?

—Da igual, Gonzalito, tú tira para adelante con los ahumaos, que luego te lo cuento.

Seguimos guiados por las marcas rojas y blancas en los árboles del camino forestal.

Al cruzar el arroyo formado por los ojos del río Moros se me encalló una rueda en la arena. La Lola estuvo al quite y con su ayuda salí airosa sin mayores problemas. A partir de ahí la pista comenzó a ascender bastante y el piso se hizo mucho más irregular; con raíces de pinos desenterradas y pedruscos repartidos por todas partes. Aun así, mi silla todoterreno respondió de miedo.

La pendiente hacia el cerro Minguete se me hizo bastante pesada, pero las vistas me recompensaron el esfuerzo. Iba sudando como un pollo. Desde luego, como siguiera así la cosa, esa noche el saco de dormir se me iba a calentar a toda mecha. El sendero estaba ahora señalizado por bandas amarillas y blancas. A la izquierda, entre las copas de los pinos, divisamos el Montón de Trigo y al fin paramos en la cima de Minguete a la hora de la comida. El día era excelente, con un cielo azul claro y limpio, y a lo lejos, allá al fondo, contemplamos la sierra de Grelos o algo así. Nos tomamos el bocadillo de filete ruso y la manzana. Yo le saqué un par de fotos a una vaca blanca con manchas marrones. Estaba tumbada junto al camino y ni se inmutó con nuestra presencia.

—¡No os acerquéis! ¡No os acerquéis a la vaca! —gritó el Conejo, que prefería esquivar sorpresas.

—¿Aquella es la sierra de Grelos? —le pregunté a Taco.

—De Gredos, güey. No de Grelos. Se ve que te afectó la subida.

El tramo que tuvimos que recorrer a continuación estaba hecho a prueba de sillas. Ni modos, como dijo Taco. Así que Lola me cogió a burro y el GPS y el Conejo se turnaron para cargar y empujar mi Invacare Top End Crossfire que se deslizaba con seria dificultad y pegando tumbos contra las rocas. Pero tampoco te sientas tan mal por ellos porque mi todoterreno pesa solamente dieciséis libras. Siete kilitos de nada. Hicimos otra parada para tomar aire y llegamos a la cima del Montón de Trigo a media tarde. ¡Conseguido! Todos los campistas proferimos vítores de alegría y entonamos el Oh Alele. Alele Ciketonga. Ambassa, ambassa, ambassa. Oh Alé, Aloá Aloé. Una celebración de felicidad compartida que terminó de golpe cuando al Conejo se le desencajó la expresión de la cara y soltó un huy, huy, huy, que sembró la inquietud en cuantos le rodeábamos.

—Se avecina tormenta y no me gusta nada —le comentó el director artístico a Lola—. Yo noto la electricidad en el pelo. ¿A ti no se te eriza?

Entonces giramos y pudimos comprobar que, por detrás de nosotros, encima del puerto de Navacerrada, se concentraban unos nubarrones negros que descargaban rayos y centellas.

—Hay que darse prisa y descender al campamento —nos ordenó Lola a las niñas de mi cabaña—. A ver: prestadme atención. Lo que tenéis delante es la Meseta Castellana. ¿Veis qué plana? Como una mesa, por eso le han puesto ese nombre. Y castellana porque está en Castilla. ¿Qué más? Allí está el sendero que conduce a la Pinareja. Allá abajo, Segovia. Niñas, saludad a vuestros padres.

—¡¡¡¡¡Eoooooooo!!!!!... ¡¡¡¡¡Eoooooooo!!!!!

—Y ahora poneos todas juntas para sacaros una foto con las vistas.

—No, pero que salga usted también, señorita —sugirió Mandarina.

—Vale, vale, a ver quién nos la puede hacer... ¡Conejooo!

—¡Clic!

—*Graks*.

—Bueno, ¿qué me falta? Ah, sí, mirad: ese es el puerto de la Fuenfría. Y allí atrás el puerto de Navacerrada. ¡Ay, madre!

Ay, Madre no es el nombre de una cordillera. Es una expresión popular que se le escapó a Lola al percibir que las nubes de tormenta se estaban aproximando. Nosotras, como no intuíamos el peligro, nos lo tomamos a broma pensando que resultaría divertido ver un relámpago de cerca. Y de golpe, ¡¡¡burrrrummmm!!!, un trueno pegó un estallido en la distancia y se nos quitaron las ganas de ver el espectáculo.

—¿Y esos montes de ahí delante? —pregunté yo echando un vistazo al mapa que nos habían dado.

—Ah... Ya os lo he dicho. La Pinareja. El de en medio es Peña del Oso, y el otro, Pasapán.

—¿Y por qué hay dos emes mayúsculas junto a esas montañas en el mapa? ¿Las patrocina M&M's?

—¡Eh, eh, tía! —protestó Begoña—. Que aquí en España los llamamos Lacasitos.

—No, por favor —se echó a reír la monitora—. Es que esas tres montañas forman el ramal de la Mujer Muerta.

—¿El ramal de quéééééé? —se me escapó un chillido ahogado.

—De la Mujer Muerta.

—¿De la mu-mu-jer qué? —volví a preguntar sin poder disimular la excitación.

—De la Mujer Muerta. Fíjate bien y verás que la silueta que forman esos tres picos parece enteramente una muerta tumbada. La primera montaña simula la cabeza; la de en medio, las manos entrelazadas sobre el cuerpo inerte; y el montículo del final son los pies. ¿Lo ves? La Mujer Muerta. Cualquier montañero que se precie la ha escalado. La Eme Eme, de toda la vida. ¿No habías oído hablar nunca de ella, fondillera?

—No-o-o —respondí casi sin poder articular palabra.

—¡Tía, la tenemos! —pegó un brinco sin

poder disimular su excitación Begoña. Y la Lola se la quedó mirando como con dudas de si avisar al manicomio para que vinieran a recogerla.

Así que el señor Martorell se había referido a esas montañas en la pista que le pasó a su hija confiando en que la campista Patrocinio conociera a fondo la sierra. «Debajo de la muerta». Qué astuto. Pero ¿por qué habría de conocer la Mujer Muerta su hija? Los Martorell eran oriundos de Girona y solamente pasaban en Segovia los veranos y, además, los años que la señora Patrocinio estuvo en el campamento fueron los primeros y todavía no se organizaban grandes excursiones ni había monitores expertos que repartiesen mapas o explicasen el nombre de los montes. Quizás Martorell se lo había puesto complicado a su hija aposta y pensaba darle nuevas pistas para resolver el enigma. Pero no había contado con que sufriría un infarto y se iría a la tumba guardando para siempre su secreto. Pobre señora Patrocinio. Tantos años atormentada sin saber si de verdad la quería o no su padre. Y ahora, querido diario, allí estaba yo contemplando de frente a la Muerta a que hacía referencia el acertijo. Casi siete décadas después de que el padre de la Patro ocultara su respuesta en algún misterioso escondrijo. Uf. Reconozco que me recorrió un escalofrío por la espalda.

Lo malo es que a la alegría inconmensurable de haber encontrado a la muerta la ensombreció el hecho de que se tratase de un cadáver tan inmenso. Kilómetros y kilómetros de montaña. Desde la Pinareja hasta la Punta de la Apretura. ¿Cómo demonios podría buscar un papelito debajo? ¿Cuántos años y cuánta gente se necesitaría para escarbar toda la falda del monte hasta dar con el paradero del mensaje oculto? Solamente quedaba una esperanza: «Encima de la vela». Localizar esa dichosa vela que, seguramente, marcaría el punto exacto en el que escarbar debajo de la Muerta. Y en esos pensamientos andaba sumida cuando, ¡¡¡bruummmm!!!, otro zurriagazo eléctrico nos atizó mucho más cerca y me hizo volver de golpe a la realidad del momento.

—¡Tenemos que descender! ¡Tenemos que descendeeer! —gritó el Conejo ordenando retirada general a todos los campistas—. ¡No hay tiempo de volver al Minguete! ¡Hay que tirarse en picado hacia las canteras!

—¡Vamos, rápido, niñas, todas para abajo! ¡Seguidme! —empezó a descender Lola a toda prisa olvidándose de que yo me quedaba en la cima abandonada en mi silla y de que la pendiente de descenso a las canteras, sobre ruedas, podría significar para mí un suicidio.

Descendí un par de metros por un sendero estrecho que parecía seguro entre dos rocas y cogí la aceleración de un cohete. Lo siguiente que recuerdo es que la silla se enganchó con algo y que salí despedida y sin rumbo fijo. Según me contó después Lola, volé por encima de ella y la suerte quiso que fuera a aterrizar en una zona de matorral. Caí con las piernas por delante, con lo cual aunque me hice cortes y rasguños no sentí el daño (alguna ventaja tenía que tener el no poder andar, digo yo) y luego reboté con la cabeza en un peñasco. Y, ahí, me salvó la vida el casco. ¿O es que te crees que estoy tan loca como para subir a un monte en silla de ruedas sin ponerme el casco? Sí, hombre, estás tú... Qué fe tienes.

Cuando recobré el sentido, si es que llegué a perderlo en algún momento, pude observar desde mi posición privilegiada al

resto de la prole que descendía la montaña perseguida de cerca por la tormenta. Un rayo atizó una roca y la deshizo en migajas. Otro cayó sobre un pino y lo partió en dos arrancándole fuego a sus ramas. Los campistas gritaban aterrados y los monitores no conseguían mantener la calma. Unos y otros pegaban unos chillidos de espanto mientras los relámpagos saltaban a unos cincuenta metros de distancia, por detrás de ellos, a punto de alcanzarlos.

Sentí que se me erizaban las trenzas y me crepitaba la piel. Por vez primera en mi vida tuve miedo de verdad. Pánico. Aquello era el fin del mundo. Comenzó a diluviar. Primero gotas enormes, separadas unas de otras pero del tamaño de un puño cada una. Luego infinitas gotas, menudas, minúsculas, pero que caían con mucha fuerza. Como alfileres lanzados a mala idea. Y casi me impedían la visión. Una cascada de barro comenzó a deslizarse ladera abajo e hizo resbalar a un montón de campistas que, sentados de culo, como si bajaran la Alfombra Mágica del parque de atracciones, llegaban a toda velocidad hacia los matorrales donde yo me encontraba. Y otro relámpago hizo saltar un peñasco por los aires. Pero en esta ocasión cayó por delante de donde yo estaba. O sea, que la tormenta nos había adelantado. Esa era una buena señal. Esta vez me resbalé del susto y mis manos al contacto con la tierra sintieron el calambre.

—¡Ruedas! ¡Ruedas! ¿Estás bien? —se acercó a la carrera la Lola y me recogió del lugar en que había caído de bruces y tragaba fango.

—¡Debajo de los árboles! ¡Todo el mundo debajo de los árboles! —gritó el Conejo señalando un robledal cercano.

—¡Tía, tía, ¿cómo estás?! Lo siento, no nos hemos dado cuenta, tía. Perdona, perdona, perdona —me abrazó histérica Begoña.

No sé si lloraba o eran lágrimas de lluvia pero el caso es que la Carroña estaba a punto de perder el control. Me hubiera gustado tranquilizarla, pero es que no podía ni mover los labios. Era como si me hubieran cosido la boca. Entonces es cuando me llevé las manos a los dientes y comprobé que faltaba poco para que me tragara las gomas de los *brakets*. Un hilillo de sangre me recorrió la palma y perdí el conocimiento.

Desperté metida en mi saco de dormir, con el pijama puesto y los pies cubiertos por calcetines de lana mullidos. Me encontraba en una tienda de campaña muy amplia, como las que salen en las películas de militares, vigilada por la atenta mirada de mis amigas Pepa, Mandarina y Begoña. En una esquina, la monitora conversaba con Julia y Bea, dos primas de Madrid que también dormían en mi cabaña y que se me había olvidado presentarte.

—Te ha visto Paco, un monitor de Bolluyos que es nuestro doctor —se acercó hasta mí Lola—. Lleva las urgencias infantiles en un hospital de Ávila y es muy eficaz. Y dice que no tenemos por qué preocuparnos. Que ha sido un milagro. Que has tenido más suerte que el Tato.

—¿Y quién es el Tato ese? —pregunté yo, aún confundida.

—No lo sabemos, pero debió de tener bastante suerte el tío —salió al paso Begoña.

—Paco te ha curado las heridas. Nada de qué alarmarse. Cortecitos y rasguños. Bueno, y algún que otro cardenal que te molestará unos días. Te ha puesto una inyección

para evitar infecciones y un calmante para que duermas tranquila.

—Pues no me he enterado de nada.

—Sí, claro que te has enterado. Has estado despierta todo el rato y respondiendo a todas las preguntas del médico. Te has portado como una valiente. Lo que ocurre es que estás aturdida. Bueno, todos lo estamos. Hemos pasado una de aúpa.

—¿Y los *brakets*? —exclamé yo cayendo en la cuenta de que podía hablar sin problemas.

—He encontrado gomas de recambio en el neceser de tu mochila y te las he puesto

ANTRUENOS

yo —confesó Begoña—. Espero haberlo hecho bien porque no te creas que tengo mucha experiencia. Sé lo poco que me ha contado el doctor Rana en el rollo ese que te sueltan preparatorio, porque a mí no me va a poner el aparato hasta Navidades. Me han dicho mis padres que me lo van a echar los Reyes. ¿Qué te parece? Sin más.

Luego Lola me narró que en realidad yo no había volado una distancia tan larga como creía, sino apenas unos metros. Lo que ocurre, como dice siempre Anizeto, es que después de posarme sobre unos matorrales que amortiguaron mi caída rodé durante un buen rato pendiente abajo. Pero al parecer iba protegiendo el cuerpo muy bien con los brazos, como los jugadores de rugby cuando caen placados, y por eso no tenía huesos rotos. También me explicó que no perdí el conocimiento a causa de un golpe en la cabeza, como yo temía, sino de un pequeño mareo al contemplar mi sangre. Que es algo habitual. Que le pasa a cantidad de gente. A cantiduvi-duvi-da. Y que el Conejo me reanimó enseguida y el doctor respiró aliviado al comprobar que el casco me había protegido el coco de maravilla. Ah..., y que, si no me acordaba bien de todo lo ocurrido, era fruto de un mecanismo de autodefensa que tiene el cerebro para olvidar los malos ratos.

—Mecanismo autodefensa. Mecanismo autodefensa. Mecanismo autodefensa.

El GPS y Taco acababan de entrar en la tienda para interesarse por mi estado. Yo se lo agradecí profundamente y los tranquilicé lo mejor que pude. Ellos me recordaron el momento en que me rescataron de los matorrales en medio de la tormenta.

—Parecías una avioneta estrellada. ¿Qué hacías boca abajo y con los brazos extendidos como si quisieras echar a volar?

—Es que me había resbalado, no te fastidia. Y un rayo me pegó un calambrazo que casi se me saltan las uñas.

—Sí, sí, calambrazo, calambrazo. Calambrazo, sí —reafirmó el GPS—. A mí también me pegó un calambrazo cuando bajábamos y me resbalé. Calambrazo, sí. Calambrazo, sí.

Taco contó que él no tuvo tiempo de pasar miedo mientras corrían monte abajo pero que, cuando se refugiaron bajo los árboles por orden del Conejo, se le vino el cielo encima. Pensó que no la contaba:

—Qué onda con el planeta, ¿se salió de órbita? A ver si al final los mayas tenían razón...

Gonzalito el Peripuesto relató que el Conejo tomó control de la situación y, entre el rugir de los truenos cercanos y el castañetear de los dientes de los asustados campistas, nos fue dictando lo que debíamos hacer:

«Todo el mundo en cuclillas. Agachaos. Que solo toquen el terreno las suelas de goma de las botas. No pongáis las manos en el barro. Cruzad los brazos sobre las rodillas y esconded la cabeza entre las piernas. Quiero que estéis lo más bajitos que podáis. Cuanto más bajitos mejor».

«Mira qué bien —le salió del alma a Mandarina sin darse cuenta—. Por una vez en la vida me beneficia mi estatura».

«Qué graciosa la manda harina, harina manda. O ¿cómo era eso otra vez?», me guiñó por lo visto un ojo Taco mientras me sujetaba, sentados espalda contra espalda, para que no tuviese que posar mi trasero en la tierra.

—¿De verdad que no te acuerdas de nada?

—Sí y no. Lo recuerdo como en fotos sueltas. Como si lo hubiese visto pero no me hubiera pasado a mí.

Al cabo de un rato, Lola nos comunicó la buena noticia de que los encargados de cocina habían preparado un caldo gallego cargadito de verduras para la cena y sugirió a los dos muchachos que marcharan de vuelta con los de su grupo; uno con Ahumaos y el otro con Bolluyos. En ese momento, al escuchar un ruidillo que provenía de mi tripa, caí en la cuenta de que el estómago me solicitaba alimento.

—¿Ya tomaste aguacate? —me preguntó Taco alzando la voz mientras abandonaba la tienda.

—¿Y eso? —negué yo con la cabeza.

—Porque aguacate maduro, pedo seguro. Cuídate, güey.

Durante la cena, Mandarina comentó que le parecía muy apropiado tomar un caldo gallego en las proximidades de la sierra de Grelos y preguntó si los grelos gallegos venían de aquella comarca. Se conoce que yo no había sido la única en entender mal el nombrecito.

—Gredos —le corrigió Lola—. Es la sierra de Gredos. El nombre se parece al de las hojas de verdura que usan para cocinar en Galicia, pero no tiene nada que ver el uno con el otro.

—Es que por aquí no se va a Galicia, burra —atajó Begoña—. Galicia queda mucho más para el norte.

—Claro que se va a Galicia por aquí —contraatacó Mandarina—. Y eso de burra lo retiras.

La monitora clavó su mirada en la Carroña, que no podía evitar que de vez en cuando le saliera ese carácter fuerte que le había llevado en el pasado a hacerle *bullying* al pobre de Gonzalito en el colegio. Intentaba controlarlo, pero a veces le traicionaba. Se dio cuenta y bajó avergonzada la cabeza murmurando bajito un «lo retiro» que resultó casi ininteligible.

—No, en alto. Que te escuchemos todas —le solicitó con voz firme Lola.

—Vale, lo retiro —pronunció esta vez su arrepentimiento Begoña en un tono más elevado.

—Vale lo retiro. Vale lo retiro. Vale lo retiro. Lo retiro, ¿apellido? —repitió una voz de chico machaconamente al otro lado de la lona de la tienda.

—¡Eh, vosotros! ¡Largo de ahí! ¿Qué es eso de espiarnos? —protestó la Pepa.

—¡A cenar a vuestros grupos si no queréis que os mande de vuelta a casa! —amenazó sin contemplaciones la monitora.

Y con el ruido de unas pisadas trotando despavoridas a la carrera, nos entró a todas la risa y se disipó la tensión creada por el desafortunado comentario de mi amiga.

La sopa de verduras caliente que Lola distribuyó en tazones de plástico de colores me hizo recuperar el ánimo y las fuerzas perdidas. Bueno, a ello contribuyó el caldo gallego... y las galletitas saladas que puso en un plato de papel para acompañar. Y el yogur. Y el batido de chocolate. Y las dos magdalenas que me quedaban en la bolsa y que engullí como si no existiese el mañana.

Lola aprovechó la pausa de la cena para explicarnos que Mandarina no andaba desacertada al afirmar que desde allí se podía llegar a Galicia puesto que, no muy lejos de donde nos encontrábamos, pasaba el Camino de Santiago. Un sendero que por lo visto usa la gente para ir a pie a visitar la catedral del apóstol gallego. Ya ves tú qué viaje más largo. A pata hasta el rincón más occidental del mapa de España. Hay que echarle ganas...

—Veo que os ha intrigado mucho la Mujer Muerta —cambió de golpe la conversación la monitora del CMT.

—Ejem, ejem —carraspeó Begoña con disimulo.

—Así que os voy a relatar una historia.

Hace miles de años —comenzó bajando la voz para imprimirle misterio a su narración— vivían en este valle varios pueblos primitivos dedicados a la ganadería y a la agricultura. Pero al morir el jefe de la tribu más importante, sus dos hijos gemelos comenzaron una lucha fratricida para hacerse con el poder. Transcurrieron muchos meses en los que reinó el odio, corrió la sangre a borbotones y el olor a muerte se extendió por toda la comarca. Viendo aquel terrible panorama, la madre de los gemelos, desconsolada por tanto sufrimiento, ofreció su vida a los dioses a cambio de que volviera la paz. Sus oraciones fueron escuchadas y, cuando sus dos hijos iban a iniciar una batalla desgarradora, cayó una nevada tremenda, en pleno verano, que impidió el desarrollo de la pelea. Cuando amainó el temporal, los gemelos comprobaron con asombro que se habían formado tres montañas entre los dos campamentos. Donde antes se elevaban unas suaves colinas, habían surgido tres picos cuya silueta representaba la figura de su madre, muerta y cubierta por un velo. Y, para que veáis que la historia es cierta, vosotras mismas podréis comprobar que todos los días al atardecer se acercan a su cumbre principal dos nubes.

—¿Dos nubes? —se preguntó curiosa la Pepa sin entender la relación que podrían tener con la historia.

—Sí, dos nubes —volvió a repetirnos Lola—. Son los dos hijos gemelos que, arrepentidos, vienen a besar a su madre en la frente para desearle buenas noches.

—¡Qué bonito! —arrancó a lloriquear Mandarina.

—¡Qué emocionante! —le acompañaron Julia y Bea con varios lagrimones recorriendo sus mejillas.

—¡Qué historia más tierna! —me puse yo y empecé a gemir a trompicones—. ¡Bua! ¡Buaaaa! ¡Bua!

—¡Buaaaaaa! —me siguió Begoña.

—Bueno, bueno. Me alegro de que os haya gustado —dijo Lola enjugándose las lágrimas que también se le habían escapado a ella—. Pues mira qué bien. Esto nos vale para que comencemos todas a contarnos historias y así podremos conocernos más y ser mejores amigas. ¿A quién le apetece contarnos alguna historia que le haga llorar?

—Pero ¿para qué vamos a pasar penas, por amor de Dios? —refunfuñó la Carroña—. Yo he venido aquí a cotillear sobre chicos. A enterarme de quién le gusta a quién. Y no a sufrir como un perro cojo a la puerta de una casa rural. A ver, a mí me gusta el cantante de One Direction. O sea, estoy con el GPS desde hace cuatro meses y nos cambiamos mensajes de texto y vamos al cine y eso, pero ya te digo que si el de One Direction me dice ven, lo dejo todo.

—Pero qué te va a llamar a ti... Si es mucho más mayor que tú y solamente sale con famosas —le abrió los ojos a la realidad Julia.

—Pues yo paso de llorar —se mantuvo Begoña en sus trece.

—Eh, espera, Begoña —le corrigió la monitora Lola—. También se puede llorar de alegría. Y llorar resulta muy terapéutico.

—¿Teraqué? —preguntó Mandarina.

—Que viene bien, vamos —le aclaré yo a nuestra pequeña amiga.

Entonces, sin mediar palabra, se arrancó la Pepa. Y lo primero que reveló es que tenía once años. Casi doce, porque cumplía en agosto, pero oficialmente once y estaba un curso por debajo del mío. Nos quedamos todas congeladas, menos la Lola que se lo sabía porque

había mirado la ficha de inscripción. ¿Once años? ¡Pero si yo hubiera jurado que tenía por lo menos catorce o quince! Pues sí, tenía once años pero vivía desde hacía dos en un cuerpo que parecía no pertenecerle de lo grande que le venía. Un alma de niña en un disfraz de gigante. Había pegado el estirón prontísimo. A veces pasa y ¿qué vas a hacerle? Y esa era su historia. La gente no se daba cuenta de que solo tenía once años y se dirigían a ella como si fuese ya adulta. Y, claro, la mayoría de las veces ni se enteraba de lo que le estaban hablando y... y se puso a llorar y... y todo el resto la seguimos en cascada: ¡Buaaaaaaaaa!

Luego me animé yo. Y les confesé que no me gustaba que la gente supiera que iba en silla de ruedas, si podía evitarlo.

—¿Es que te da vergüenza ir en silla? —me preguntó Lola, con sorpresa.

—No, a mí no me molesta nada. Soy así desde pequeña y estoy acostumbrada. No me importa. Tiene sus inconvenientes, pero cada uno tenemos nuestros propios problemas.

—¿Entonces? —levantó las manos Pepa en busca de una explicación coherente a lo que les acababa de manifestar.

—Me gustaría que la gente no notara que voy en silla de ruedas porque, en cuanto se da cuenta, empieza a hablarme más despacio.

—¿?

—Yo no tengo retraso mental y... ¡Buaaaaaa! —Sí, lo has adivinado. Me eché a llorar—. Me hablan despacito —continué—.

Como… como si fuera imbééééécil… Y cuando quieren saber algo de mí, aunque esté yo delante, se lo preguntan todo a mis paaaadres… ¡Buaaaaaa!

—¡Buaaaaaaaaaaa! —corearon conmigo todas las presentes.

—Pero… pero… —seguí como mejor pude—. Hellooo?!… Hola, que estoy aquíííí… Pregúntenme a mí lo que quieran saber y así tendrán información de primera mano… ¡Buaaaaaaaaaaaaaaaaaaaaa!

—¡¡¡Buaaaaaaaaaa!!! —me acompañaron campistas y monitora en mi llanto.

—Y lu… y luego… si quieren saber algo sobre mí, que me pregunten por mis gustos, por mis intereses…, porque a mí también me gusta One Directioooooon… ¡¡¡Buaaaaaaaaaaaaa!!!

—¡One Direction! ¡¡¡Buaaaaaa!!! —repitieron todas.

—Caray..., que tengo pensamientos... y sentimientos como todas las niñas, y no solo tienen que hacerme preguntas acerca de mi diversidad... Pero si la mie... la mie... la mierda de silla es solo una parte muy pequeña de mi personaaaaaaa... ¡Buaaaaaaaaa!

—Tía —me abrazó Begoña tan fuerte que me partió las gafas de sol que había guardado al empaquetar en el bolsillo de la chaqueta del pijama precisamente para que no se dañaran—. Tía, como me llame el de One Direction te lo pasooooo... ¡¡¡Buaaaaaaa!!!...

La de ayer fue una noche inolvidable, querido diario. Tanto lloramos todas y resultó ser el lloro tan terapeútaco, o como se diga, que al final decidimos bautizar al CMT, Campamento Montón de Trigo, con otro nombre más acorde con las circunstancias. Para nosotras, y en secreto, a partir de ayer CMT significa Campamento Moco Tendido. Pero esto no se lo he contado a Anizeto en la carta, ¿eh? Ni falta que le hace saberlo. Esto queda entre nosotras las campistas que anoche, entre risitas, nos dimos las buenas noches cuando Lola apagó el farol de camping gas. Ya habrá tiempo para buscar la vela del señor Martorell porque, de momento, la única vela que ha aparecido en el campamento ha sido una larga que le colgaba de la nariz a Mandarina después de llorar a moco tendido.

7

Mientras bajaba a la carrera las escaleras de mi hotel-pensión en pleno barrio del Albaicín, me entró un mensaje en el móvil. Era de Elena Latón, que me esperaba impaciente en el coche y decía: «Eres más pesado que un collar de melones. Baja ya». Yo aceleré la carrera pero, a la altura del segundo piso, se cruzó conmigo una chica con botas muy altas, los ojos pintados con rabos, y rulos en el pelo. Subía resoplando y cargada con dos sacos de patatas. *Venacapacá*, me dijo. Y me solicitó ayuda para transportarle la pesada carga hasta el cuarto piso. Así que vuelta a subir. Por el camino la joven me informó de que venía de hacer un *mandaíllo* para su abuela y me dijo que yo era afortunado por tener poco pelo porque, como el clima de montaña resulta bastante seco, allí se le quedaba a todo el mundo el flequillo plano.

—Aquí er pelo me hace menos onda que una bandera de chapa, aaeh —me confesó compungida—. Pero, *contí coneso*, me he puesto los rulos a ver si *er* flequillo se me riza una *mihilla*.

Llegamos a su piso, le entregué las bolsas y salí disparado sin prestar demasiada atención a las despedidas.

—Pero ¡¿qué *buya* llevas, niño?! —escuché que me gritaba por la espalda—. ¡*Menúas* prisas! ¡¿Es que *tas dejao* las puertas *empar empar* y se te va a escapar *er* gato?!

Llegué por fin a la calle y me encontré el imponente cochazo de los señores Mosto aparcado frente al portal. Un Lincoln Continental de primer ministro. Como ya he relatado, los padres de Ruedas se habían marchado a Texas y nos habían dejado el vehículo a nuestra disposición. Bueno, a disposición de la veterinaria. Lo que ocurre es que, en cuanto Lupita (perdón, Guadalupe) se enteró de que la doctora Latón tenía que salir de viaje, le encargó a José que por favor tuviera la amabilidad de llevarla en el coche. ¡En ese pedazo de automóvil que da gloria ver lo amplio que resulta! Mi novia al principio rechazó la oferta y le contestó a su amiga que no. Que no y que no y que muchas gracias por el detalle pero que no podía aceptarlo de ninguna de las maneras. En parte porque le daba un poco de corte, ya que le parecía abusar de la confianza de Lupita; y en parte porque Elena es de esas personas que piensan que un coche tan grande contamina mucho y no tiene sentido usarlo.

—Hay que ser solidario con el planeta, Anizeto —me regañó—. Si lo llaman medio ambiente —*me-di-o* recalcó— es precisamente porque solo queda la mitad del ambiente y no podemos seguir estropeándolo hasta que queden otra vez tres cuartos.

—A mí me parece que eso de medio no viene por que sea la mitad del ambiente —repuse yo algo confundido por aquella afirmación de mi novia y bastante entristecido al ver que me quedaba sin el viajecito.

—Pues ya me dirás tú de qué viene.

—Hombre, Elena, yo pienso que se referirá al medio en que habitamos; al entorno; al paisaje...

—Bueno, bueno —dijo ella—. Lo que tú quieras, pero a mí no me parece bien que contaminemos con un coche tan inmenso.

En eso no tenía más remedio que darle la razón a la dueña de la pajarería de la Casa del chaflán. Lo que ocurre es que me moría de ganas por montar de nuevo en aquella maravilla de la tecnología norteamericana en la que ya habíamos subido para llevar a Ruedas al campamento. A mí de niño siempre me habían dicho que los zapatos, italianos, y los coches, americanos. ¿Qué quieres que te diga? Entiendo que es una tontería. Que hay zapatos maravillosos en España y coches estupendísimos en Italia... pero como me contaron eso... pues se me ha quedado y siempre he soñado con hacer un viajecito en uno de ellos. Así que decidí jugarme el todo por el todo y caí de rodillas ante Elena suplicándole por favor que reconsiderase su postura.

—Doctora de mi vida. Veterinaria de mi alma. Reina de los animales. Cirujana de mis sueños. Galena mía. Reconozco que antes de inventarse los coches, el ambiente era completo y ahora solo queda medio por culpa de la polución. Entiendo que llevas razón y que es mejor utilizar coches pequeños y que contaminen poco. Pero, Elena de mis entretelas..., será solo por una vez. Por una sola solita vez en la vida voy a tener la oportunidad de hacer un desplazamiento largo en un Lincoln Continental y, sabiendo como sabes, porque lo sabes de sobra, lo que me gustan a mí los coches..., que son mi única debilidad..., te ruego que aceptes por favor el ofrecimiento de tu amiga Lupita, por lo que más quieras. Por amor de Dios. Te lo pido de todo corazón y con un por favorcito recubierto de azúcar y con una guinda encima. Piensa que el interior de ese coche es tan amplio que durante el viaje podrían en él echar carreras tus gatos. Y nosotros podríamos ir en el asiento trasero con los pies estirados y mandándonos mensajes de amor y cariño. «La vida es tan bella porque tú estás en ella». «El mar está salado porque tú le robaste toda la dulzura». «Por ti suspiro, por ti me muero, por ti me rapo yo el pelo al cero». ¿Qué me respondes, amor mío?

—Ummm —Elena se lo pensaba.

—Acepta —insistí yo, obstinado en no perder aquella oportunidad de oro—. Di que sí y, para compensar toda la contaminación que vayan a causar los 160 caballos de potencia de ese cochazo, a nuestro regreso me comprometo a no volver a montar en un coche durante tres meses. Noventa días en los que me desplazaré a todos los sitios de Segovia andando. O a la carrera, si viera que llego tarde. Me comprometo a dejar de contaminar durante tres meses seguidos para poder compensar con creces lo que contaminemos en estos tres días. ¿Qué me dices?

—Que estás loco —me contestó—. ¿Qué querés que te diga?

Así me dijo: ¿qué querés que te diga? Querés, con acento en la última e, porque así es como hablan en Argentina y a la doctora Elena Latón, cuando se ponía nerviosa

o se emocionaba, le salía el acento de su niñez. Yo puse ojitos de oso amoroso y esperé la respuesta.

—Está bien —dijo al final—. Acepto. Si tanta ilusión te causa, así lo haremos. Nos llevará José. Pero lo de caminar durante tres meses no te lo perdono. Tendrás que hacerlo. Además, te vendrá bien para perder peso. Así que trato hecho.

Y así sucedió el milagro y terminamos viajando cómodamente en el asiento trasero de un portaaviones con ruedas. En cinco horas y veinticinco minutos recorrimos los 514 kilómetros de distancia que separan nuestra Casa del chaflán de esta preciosa ciudad andaluza que rima con «bofetada». Y con «leche merengada». Y con «ensaimada».

—Apurate, que llegamos tarde —me recriminó Elena bajando la ventanilla y de nuevo colocando el acento argentino en el verbo.

—¿Cómo estamos, señor Calzeta? —me preguntó educadamente el chófer.

—Muy bien, José, gracias —le respondí—. ¿Ya entregaron los gatitos de Angora?

—Sí, la doctora ya hizo el reparto.

—Pues en marcha.

José ha resultado para mí todo un descubrimiento. Un tipo culto, a la par que sencillo. Y como es andaluz, nos está enseñando muchas cosas de la historia de su tierra. Durante el viaje no ha parado de contarnos anécdotas de su infancia y de su familia. Tiene unos dejes muy divertidos y siempre termina las frases con una pregunta muy rápida: *¿Sabeloquetedigono?*

Resulta que el verano pasado acompañó a Ruedas y a sus padres de veraneo a Estados Unidos. Era la primera vez que José montaba en avión y dice que pasó mucho coraje y que, al llegar a Nueva York, casi no le dejaron entrar. Por lo visto, un agente de policía le pidió el pasaporte y luego le hizo una pregunta en inglés que José no pilló porque no habla el idioma. O sea, lo habla pero, como dice él, una chispilla *na má*. Total, que en la aduana se quedó callado y el policía insistía una y otra vez con la dichosa pregunta. Hasta que por fin al chófer le pareció entender que decía no sé qué de *Spanish* y pensó que le estaría preguntando que si era de España. Así que se lo confirmó:

—Sí, señor, yo soy *Spanish*. Concretamente de Algeciras.

Y dice que al agente federal de aduanas se le abrieron los ojos como si hubiera visto al lobo.

—Al-Yazira?!!

El policía lo preguntó así, como te lo pongo, con los signos de interrogación y de exclamación solo al final porque en inglés nunca se ponen al principio. O sea, que los ingleses, hasta que no terminas la frase, no pueden saber si les están formulando una pregunta. O tampoco enterarse hasta el final si el que habla está gritando o murmurando por lo bajito. Tienen que esperar a que termine la frase para ver el signo y enterarse. Ya ves tú qué cosas. Yo creo que lo nuestro está mejor pensado porque ves el signo del comienzo y te sirve de advertencia. ¡Eh!, que voy a gritar. ¿Cómo?, que voy a preguntar. Pero en inglés no. Me lo explicó un día Ruedas, que de vez en cuando me da clases de inglés, pero ahora permíteme que termine la historia del aeropuerto de Nueva York.

—Al-ge-ci-ras —se lo repitió José vocalizando pausadamente para que le quedase bien claro.

—Al Yazira?!! —le volvió a interrogar incrédulo el policía—. You Al-Yazira?

Y como José respondió que claro que sí, que él estaba bien orgulloso de ser de Al-Geciras, se lo llevaron detenido. Larry Mosto, que le esperaba en la cinta de las maletas, al ver que no aparecía volvió a preguntar qué ocurría. Cuando le informaron de que su chófer estaba retenido en un cuartito junto a un matrimonio iraní y un joven colombiano empezó a gritarles a los policías que eran unos racistas. Y que solo detenían a la gente por el color de la piel. Y que él iba a hablar con el presidente del Gobierno, y con el presidente de la Corte Suprema, y con el corresponsal de la CNN y con quien hiciera falta para que aquel atropello no se volviese a repetir nunca más. Y tan agitado se puso el señor Mosto, que tuvieron que atenderle en la enfermería del aeropuerto y darle un calmante. Pero él exigió hablar de inmediato con el responsable de seguridad y, para evitar más revuelos, le llevaron a una oficina en la que tardaron bastante en atenderle. Al final, cuando le hicieron caso, pudo aclarar el malentendido y rescatar al pobre José. Pero menudo susto. Es que resulta que Al-Yazira es una televisión donde dan muchas noticias del mundo árabe y a algunos policías de Nueva York les asusta porque en ese canal pusieron los mensajes del terrorista que organizó los atentados contra las Torres Gemelas donde murieron muchos de sus compañeros. Pero Larry Mosto les explicó que José no trabajaba en Al-Yazira, sino que había nacido en Algeciras, Cádiz, España. Que se pronunciaba casi igual. Y después de realizar algunas comprobaciones le dejaron libre.

—*Enga* —se despidió el chófer de los policías—. A *ve* si otro *díita queamoh.*

José nos dijo que aquel acontecimiento le dejó perplejo. Sorprendido. No porque él lo pasara mal, porque a mí me *diguá*, sino porque en su modesta opinión el hecho de que una televisión sacara en sus informativos a un *papafrita* no tenía que significar que la televisión fuera malvada. *¿Sabeloquetedigono?* Que los periodistas lo hacen para que los espectadores sepan lo que piensa ese tipo de gente, no porque los apoyen. Pero también nos explicó que entendía la confusión del policía porque Al-Yazira significa en árabe «la península». Y que cuando estuvieron los árabes en España, que por lo visto fueron de esas visitas que se quedan mucho rato y tardan en irse, *¿sabeloquetedigono?*, le pusieron ese mismo nombre a su ciudad porque Algeciras es precisamente eso: una península. Y también nos dijo que una península es un trozo de tierra rodeado de mar por todos sitios menos por un hilito que la conecta al país al que pertenece. Pero que a él le *diguá*.

—O sea que Al-Yazira, pronunciado por nosotros —nos aclaró el chófer—, se dice Algeciras. Y eso es *ajín*.

Siempre según José, que ha resultado ser un tipo muy culto, los árabes pusieron muchos nombres a pueblos, montañas y ríos de Andalucía. Algunas veces el nombre completo en su lengua y, otras, medio-medio. Que mezclaban el árabe con el español, vamos. Hacían arañol. O espárabe. Como prefieras. Y para explicárnoslo utilizó de ejemplo el río Guadiana. Nos dijo que el nombrecito viene de la palabra *guad*, que en árabe significa «río», y de *ana*, que se refiere en castellano a los patos.

—Se referirá a las patas —le corrigió la veterinaria Elena Latón—. Porque Ana es nombre de chica. Femenino.

—No. Es que el *ana* de Guadiana no viene de un nombre —le clarificó José—. El *ana* de Guadiana es la abreviatura de ánade, que es como llamaban los antiguos españoles a los patos.

—¡Claro! Ana de ánades —exclamó sorprendida la doctora—. Ya ves que nunca se me ocurrió pensarlo. Pero, claro: qué sabrá el chancho de aviones si nunca miró *parriba*.

—Perdone, doctora —interrumpió el chófer algo confuso por aquella expresión—. ¿Qué es eso de un chancho?

—Un puerco, un marrano, un cerdo. El animalito que nos da jamones.

—Ah, un gorrino... —se levantó la gorra José para rascarse la cabeza—. Como los gorrinos no miran al cielo no pueden saber que existen los aviones, ¿no?

—Lo que traté de expresar con esa comparación es que si yo no viví en España, cómo voy a conocer sus tradiciones. Vos me entendiste, ¿verdad, José?

—Eso es *ajín*, doctora.

Total, que resulta que el Guadiana es el río del río de los patos. ¿Qué te parece, mequetrefe? Cua. Cua. Bueno, pues lo que ocurre es que por lo visto hay un montón de nombres del mismo estilo por todas partes. No solo en Andalucía. Tú podrías hacer una lista de nombres que te suenen a árabes y ver si son árabes cien por cien o tienen mezcla. Mola mucho adivinarlo. Por ejemplo: ¿tú dirías que la palabra «Guadalajara» es toda árabe, toda castellana, o mitad-mitad? Piensa un poco, cara de moco, porque te acabas de enterar de que *guad* significa «río» en árabe así que... ¿Lo tienes? Claro, la respuesta de en medio no puede ser porque seguro-seguro-segurísimo que Guadalajara no es una palabra completamente castellana. Por lo menos

el principio es árabe, pero ¿y el final? Vamos a adivinarlo. ¿Tú qué dirías que significa *jara* en árabe? Elige la respuesta correcta:

1. Jara en árabe es una planta pegajosa con una flor blanca que huele que es un primor.
2. Jara en árabe es una caca apestosa que huele que espanta.
3. Jara en árabe es una abeja feliz que va buscando miel en las flores.

¿Ya elegiste? Pues, te lo creas o no, *jara* en árabe significa lo segundo. El número 2.

La caca. E incluso peor. Mucho peor. Ya sé que no debería escribir una palabra tan malsonante como la que voy a mencionar ahora mismito en este libro pero, siguiendo la explicación de José, lo que ocurre es que yo no la voy a escribir aquí porque me guste expresarme con un lenguaje vulgar, sino porque necesito esa palabra para que entendáis mi explicación. Así que allá voy. *Jara* en árabe de verdad significa mier... Ay, no me atrevo. Significa mier... Ay, me da cosa. Bueno, vosotros me habéis entendido. Pues eso, cara de queso; que no creo que a nadie se le pasara por la cabeza llamar a una ciudad tan bonita como Guadalajara el Río de la Mie... Ay, que me sofoco. Es que no puedo hablar mal. Me supera. Lo siento, caramba. Lo que ocurre es que la segunda parte del nombre, *jara*, no es árabe. *Jara* es una palabra española que significa la respuesta número 1:

flor blanca y olorosa. Así que Guadalajara es un río de flores blancas con olor dulce. Los mismos matorrales que Ruedas podía contemplar en la pradera del río Moros donde acampaba en estos momentos.

Y, de pronto, el coche salió de una curva cerrada y llegamos a nuestro destino. ¡La Alhambra de Granada! Me invadió la felicidad. No se me ocurre cómo expresarte la emoción que sentí al contemplar aquella belleza arquitectónica. Me puse más contento que un perro con dos colas. José aparcó el coche, recogimos los tiques en la entrada y los tres pasamos a los jardines a esperar a nuestro guía. El hombre que nos introduciría en los secretos misteriosos de Alqalá al Hamra, el Castillo Rojo que construyeron los sultanes nazaritas. Los reyes árabes de Granada.

Lo primero que me llamó la atención es que el castillo, más que rojo, parecía plateado y así se lo hice saber a José. Pero este enseguida nos aclaró que era por el efecto de la luz de la luna. Que la Alhambra era roja por el día con el reflejo del sol y se tornaba azulada de noche. Lo segundo que me llamó la atención es lo que berreaba un bebé que traía una parejita muy joven en un capazo. ¡Buaaaaaaaaaaaaaaaa! Y el niño no paraba. ¡Buaaaaaaaaaaa! Y venga a llorar el niño. Y ya Elena se acercó al padre y le preguntó si no habían traído un chupete. Y el padre le dijo que sí pero que no se lo ponían mucho porque les había comentado alguien que el chupete podía deformarle los dientes a su hijo.

—Ya —replicó la veterinaria—. Pero, si no se lo ponen, su hijo nos va a deformar los oídos a todos los que venimos a hacer la visita.

Y ya se lo pusieron. Bueno, bueno, perdone, dijo el padre, y el bebé se calló ipso facto.

Al instante. Inmediatamente. De golpe y porrazo. No veas qué respiro. Es que era como lo de la contaminación de mi coche. Si contamino en el viaje, pues paso luego tres meses sin contaminar. Pues ustedes, padres de hijo llorón, pónganle el chupete a su hijo durante

la visita guiada a la Alhambra y luego se lo quitan en casa cuando el berreo no le moleste a nadie. Ay...

A las doce menos cinco llegó el guía y, a partir de ahí, desde que descorrió el cerrojo de entrada y pasamos por la Puerta de la Explanada, yo iba como flotando. Como un globo, pero sin cordelito.

—Lo primero que tienen que saber ustedes, señoras y señores, es que este recinto histórico sin igual en el que ahora mismo comparecen está formado por un alcázar o palacio, una alcazaba o fortaleza militar y una medina o barrio residencial. Tres en uno como en las ofertas del Alcampo. Ante ustedes la Puerta de la Justicia, Bib-Xarea, mandada construir por Yusuf I en el año 1348. Antes de ayer por la mañana. Observen con atención que tiene un arco muy elegante, que deja entrever un segundo arco de la misma forma pero más gracioso y pequeño. Aprecien que en el primero hay grabada una mano y en el segundo una llave. Y reza la tradición que el día que la mano alcance la llave desaparecerá la Alhambra y aparecerá por arte de birlibirloque en un islote de África.

Y así siguió el hombre con una retahíla de datos impresionantes. Que si la plaza de los Aljibes recibe ese nombre porque está llena de depósitos de agua, o que si el Patio de los Arrayanes hace referencia a las plantas olorosas de ese nombre que allí se cultivaban. Que si la Torre de Comares fue bautizada de este modo porque en árabe sus vidrieras de colores se llaman *comarías*, o que si Almunia significa «huerta» y es precisamente para lo que se utilizaba el jardín del Generalife. Y, al cabo de varias visitas a salas y patios, llegamos a la Torre de la Vela.

—¿Alguien sabe por qué recibía este nombre?

—Porque aquí encenderían cirios por las noches para iluminar la estancia —se adelantó a los demás el padre del bebé lloroso.

—No, señoras y señores. Frío, frío como el agua del río. Sepan ustedes que esta torre es la más alta de todo el conjunto. Subamos y se lo muestro.

No sé lo que tardamos en llegar a la cima, pero lo conseguimos. Yo con la lengua fuera. Empapado en sudor. Arrepentido de haberle prometido a la doctora que me iba a pasar los tres meses siguientes caminando.

—Elena, cielo mío, ¿me perdonas la apuesta?

—No.

Cuando terminó la ascensión el último del grupo, un chino que iba sacando fotos de todo y colgándolas en Facebook en tiempo real, el guía volvió a retomar la palabra:

—Aprecien, señoras y señores, las vistas que la luna llena nos ofrece esta noche. Todo Granada a sus pies. Al fondo, cual hilo de papel Albal, se refleja el río Darro. Abajo el barrio del Albaicín repleto de plazuelas y casas encaladas. Allí precisamente, en esa terracita modesta donde pueden observar una cuerda de tender con unos calcetines rojos y unos calzoncillos de tréboles colgados, tiene un servidor de ustedes su morada. Es mi casa. Mi carmen, como le decimos aquí. Mi vivienda unifamiliar. Delante, el resto de la ciudad, y detrás, la Sierra Nevada. O sea, que desde aquí se ve todo. *Toíto* completo. Y por eso aquí estaban los vigilantes.

—¿Y esta campana? —pregunté yo curioso al ver un ejemplar imponente colgado de un campanario de ladrillo que coronaba la torre.

—Esa es la famosa campana, señoras y señores, de la Torre de la Vela, que vienen a tocar las chicas para no quedarse solteras.

—¿Y eso? —dijo Elena, extrañada.

—Lo dice la tradición, señora —se excusó el guía—. Y yo no sé si la gente se lo cree o es que les hace gracia. Pero el caso es que, por si las moscas, vienen un montón de mozas a ponerle encima la mano.

¡Buaaaaaaaaaaaaaaaaaa! Al bebé se le escurrió el chupete. Desgracias que pueden suceder pero, enseguida, la madre se lo colocó otra vez y listo. Retornó la paz a la torre y fue entonces cuando el guía decidió volver a formularnos la pregunta.

—Bueno, ¿qué? ¿Ya adivinaron por qué se llama Torre de la Vela?

¿? Nadie dijo nada.

—Pues porque *vela* no viene de *cirio* sino del verbo *velar*, que significa «vigilar». Esta era la torre de vigilancia del Castillo Rojo. La Torre de la Vela es la torre del guardián.

¡¡¡¡Ay, madre, que creí que me daba algo!!!! Perdí el habla por culpa de los nervios. No me salían las palabras. Que ve... ve-ve-ve... vevela signifi... significa-ca... significacaba vigilá... vigilalante... ¡Ay, madre! Le hice señas a mi novia con los brazos pero ella no sabía qué diantres le intentaba decir.

—Rue —le dije.

—¿Rue qué? —me respondió ella.

—Rue-ruedas —le aclaré yo.

—¿Que vas a bajar rodando la torre? —me preguntó entre risitas.

—¡Que hay que avisar a Ruedas! —por fin me salió un chillido. Y entonces ella cayó también en la cuenta.

—¡La vela del campamento es la caseta del guarda! —pronunció en voz alta y, sin despedirnos del guía, ni del chino, ni del

bebé lloroso, ni de sus padres, José y nosotros descendimos de aquel edificio batiendo el récord mundial de velocidad en descenso de torreones.

Buscamos el teléfono del Campamento Montón de Trigo y llamamos. Que si era una urgencia, me interrogó una voz medio dormida. Le dije a mi interlocutor que sí y me pidió que se la contase. Le expliqué que no podía y me respondió que, si no podía explicarle de qué se trataba, entonces no sería de tanta urgencia. Exigí hablar con Ruedas y me preguntaron si era su padre. Le dije que no. Entonces me aclaró que no podía.

Que las llamadas a los campistas estaban limitadas tan solo a los padres y en casos de extrema urgencia. Y que en esta ocasión no se cumplían ninguno de los dos requisitos. Y añadió, de paso, que si no me daba cuenta de que era la una y media de la madrugada. Que si estaba majareta. Mal de la chaveta. Alelado. Y me colgó.

Una situación desesperada. Mala tirando a penosa. Chunga con tintes de fatalidad. ¿Qué podía hacer? A Elena le quedaban aún dos días más de trabajo en Granada y yo no podía abandonarla. No llegaríamos a Segovia hasta pasados tres días. Y encima por la noche. Demasiado tarde. Excesivamente ajustado porque llegaría justo la penúltima noche que pasaría Ruedas en el campamento. Y, aunque pudiera contactar con ella, le dejaría muy poco margen de tiempo para actuar. Así que necesitaba reaccionar. ¿Qué hacer?

Piensa, piensa. Por fin di con ello: lo mejor era que me acostase. Que me metiese en la cama calentito y con el sueño me olvidase de todos los problemas hasta el día siguiente.

Se lo comenté a Elena y estuvo de acuerdo conmigo en volver al hotel cuanto antes. Que la verdad es que ya estábamos de Alhambra hasta el gorro. Que ya no queríamos saber nada más ni de los emires, ni de los califas, ni de los sultanes. Que menudo chorreo de datos nos había metido en la cabeza el guía ese. Nos la había puesto como un bombo. Así que, ya de nuevo en el coche, suspiramos cuesta abajo mientras José nos perdía por las retorcidas callejas.

A la mañana siguiente, después de desayunar un chocolate con tejeringos, que es como llaman allí a los churros, se me despejó el cerebro y tuve una idea brillante. Me acordé de que habíamos quedado en mandarnos mensajes a través de postales y no vi por qué no habría de utilizar aquel método. Me acerqué a la estafeta de Correos y le mandé una a mi ayudante. Elegí la que tenía la foto del Patio de los Leones de la Alhambra. Pero eso sí, aunque la envié desde Granada, le puse remite de Segovia porque calculé que, para cuando Ruedas la recibiese, yo debería haber regresado ya a mi ciudad o, como poco, estar a punto de llegar.

Ruedas: como ves, he pegado en esta postal un sello urgente y espero que gracias a eso te llegue a tiempo. Me han asegurado que deberías recibirla como mucho en dos días. Si es así, aún podrás resolver el enigma. El sello me ha costado dos euros, casi la mitad de las ganancias de esta misión, pero lo que ocurre es que creo que merece la pena el gasto teniendo en cuenta la importancia del mensaje.

Anizeto
Mike India Romeo Alpha - Echo November
Charlie India Mike Alpha - Charlie Alpha Sie-
rra Echo Tango Alpha - Golf Uniform Alpha
Romeo Delta Alpha

8

Querido diario:

Recibí una misteriosa postal de Anizeto que, aunque venía con remite de Segovia, traía un matasellos de Granada. Todo muy raro. Muy enigmático. Descifré el mensaje gracias al Alfabeto de los Aviadores, que como sabes consiste en quedarse solamente con la inicial de cada palabra, y resultó ser el siguiente: Mira Encima Caseta Guarda. Una recomendación absurda de todo punto. En primer lugar porque encima de la caseta no hay otra cosa que un tejadillo de pizarra y una chimenea de piedra y, como tú comprenderás, si el señor Martorell hubiera

ANPOSTAL
12
Hola, Candela:
INDIA ROMEO ALPHA-
ECHO NOVEMBER CHARLIE
INDIA MIKE ALPHA - CHARLIE
ALPHA SIERRA ECHO TANGO
ALPHA - GOLF UNIFORM
ALPHA ROMEO DELTA
ALPHA - Anizeto
Candela Mosto
Campamento Montón
de Trigo. Grupo
Fondillezas.
El Espinar (Segovia)
Rute:
Anizeto Calzeta.
Casa del chaflán
Buhardilla. Segovia 40002
2€

colocado allí un papelito hace setenta años, no quedaría ya ningún resto del documento. En segundo lugar porque el enigma que trato de descifrar reza: «Debajo de la muerta. Encima de la vela». Y ninguna de estas premisas convergen, se dan cita, en la caseta del guarda del campamento. El puesto de vigilancia no está debajo de la Mujer Muerta, sino más bien al contrario, bastante alejado de la cuerda montañosa que recibe el citado nombre. Y, que yo sepa, no existe en su interior ninguna vela. Al menos ninguna vela de importancia. Conocida. A lo mejor resulta que el vigilante guarda un cirio y una caja de cerillas en el cajón de su mesa por si un día se va la luz. Pudiera ser; pero no creo yo que el señor Martorell hubiera escogido una pista tan aleatoria. Tan casual. Tan poco precisa. Tan fortuita. Tan incierta, azarosa y aventurada. Se supone que la resolución de un misterio ha de producirse después de darle vueltas al coco, de pensar, de razonar, de descartar posibilidades; y no por puro azar. Por casualidad. De chiripa. Así que el mensaje secreto del detective Calzeta carecía para mí del más mínimo sentido.

La postal la recibí durante el reparto diario de correo que hacen a la hora de la merienda. Delante de una onza de chocolate y dos magdalenas. Los campistas nos estaban sonsacando los pormenores del episodio de lloros que habíamos vivido con la monitora Lola la noche del Montón de Trigo. Se enteraron porque le vieron a Pepa unas ojeras más grandes que las de un oso panda. Taco le preguntó si le pasaba algo y ella lo confesó todo. Los chicos, como son un poco más burros que nosotras, los pobres, enseguida saltaron con que eso de llorar, así por llorar, no lo veían. Que menuda manera de pasar el tiempo. Pero cuando la campista grandullona les explicó que el lloro puede resultar terapiútico, o como se diga, parecieron comprenderlo algo mejor. Al menos Taco, que se interesó por conocer el tipo de historias que habíamos compartido en la tienda de campaña.

—Pues que a mí la gente me habla más despacio cuando se entera de que me muevo en silla.

—¿Y por eso lloras, güey? —me interrumpió perplejo en mitad de la narración—. A mí por ser mexicano me llaman sudaca.

—Sudaca. Sudaca. Sudaca. Sudaca —se interesó el GPS.

—¡Calla, tío! Que parece que se lo estás llamando tú —se llevó el dedo índice a los labios Begoña haciéndole una señal a Gonzalito.

—No pasa nada. Al que me llame sudaca yo le digo nordaca y me quedo tan pancho.

—Nordaca y pancho. Nordaca y pancho. Nordaca y pancho —se rio el GPS.

—Pues yo les llamaría espinacas —le sugirió Begoña—. Porque si de América del Sur sale sudaca, de España puede salir espinaca.

—Yo soy vasca... —se alzó de pronto la vocecita tímida de Mandarina, y todos nos giramos hacia ella porque abría la boca en raras ocasiones pero, cuando lo hacía, demostraba una gran seguridad en sus argumentos—. Y a los vascos en algunos sitios nos llaman «los iñakis». Pero a mí no me molesta esa palabra.

—¡Pues a mí sudaca sí! —le corrigió Taco—. Porque si una palabra se utiliza con ánimo de insultar, pues es un insulto, güey.

Yo creo que Taco trataba de comunicarnos que las palabras no son malas en sí mismas.

Son solo palabras y, dependiendo de con qué intención se empleen, pueden halagar o hacer daño. Por ejemplo: si alguien te llama tonto, te molesta. Pero si tu madre te dice «venga, no seas tonta», te hace sentir bien porque entiendes que te está tratando con cariño.

—Antes de repartir el correo —anunció por el megáfono el Conejo—, vamos a recordar, como cada tarde, la frase pronunciada por Constancio Bernaldo de Quirós, el alpinista que nos descubrió hace cien años las bondades de la sierra de Guadarrama. Una frase que, como ya sabéis, se ha convertido en el lema del Campamento Montón de Trigo: «La sierra devuelve...». A ver: ¡todos!

Y todos los campistas al unísono alzamos nuestras voces para continuar la frasecita que, a base de repetir machaconamente una tarde tras otra, nos habíamos aprendido de memoria. A ver, qué remedio.

—¡La sierra devuelve en energía y en salud el esfuerzo gastado en conocerla!

—Muy bien, pues ahora el correo. ¡Candela Mosto Alarcón! —coreó el Conejo.

—¡Aquí! —levanté yo la mano.

—¡Tienes una postal!

Nada más leer la postal y, tras descifrar el mensaje secreto de Anizeto, convencí al GPS para que me acompañase a echar un vistazo a la caseta del guarda. Nos acercamos en secreto y liberamos a Raulito, lo cual resultó un craso error. Porque esa es otra que aún no te he contado. Resulta que en el campamento no admiten perros. Ni gatos tampoco. Vamos, que está prohibido traer animales de compañía. Dejaron pasar a Raulito porque pensaron que, dado mi caso, se trataba de un perro especial.

—Igual que los ciegos llevan perro guía —se disculpó el guarda cuando me llamó para que acudiese a hablar con él—, pensamos que tú necesitarías a Raulito para desenvolverte. Que sería un perro especialmente entrenado para tu enfermedad de paralítica.

—¡Oiga! —le atajé yo al instante—. Enferma estará su madre, porque yo estoy más sana que una manzana. Cuando quiera le echo una carrera de esquí en Navacerrada.

—Bueno, bueno... —se defendió él.

—Bueno, bueno, no —le corregí yo—. Malo, malo. Yo no tengo una enfermedad sino una diversidad funcional. Funcionaré distinto que usted; pero, funcionar, funciono lo mismo. Y lo de paralítica, aunque ya supongo que lo habrá dicho sin malas intenciones, si no le importa, prefiero que no me lo vuelva a llamar. Igual que yo no le he llamado a usted narizotas. Y créame que, debido al tamaño descomunal de su boniato, no me faltarían argumentos para hacerlo.

—Bueno, bueno... —farfulló entre dientes el guarda mientras se palpaba con los dedos la enorme porra que le nacía en mitad de su rostro.

Total, que el primer día por la tarde el guarda me dijo que el perro ese no podía quedarse en el campamento y que llamara a mis padres para que vinieran a recogerlo. Cuando le expliqué que mis padres volaban en aquellos instantes camino de Texas, el tipo se quedó muy pensativo. No sé si porque no sabía qué hacer con el beagle o porque desconocía dónde caía Texas. O quizás por ambas cosas. Luego hizo un par de llamadas telefónicas desde la caseta y, al rato, me comunicó que «el achiperre este», que fue así como se refirió a Raulito, «el achiperre este» se quedaba requisado hasta el final de mi estancia. Que lo iba a encerrar en una cerca y que él se encargaría de darle de comer y esas cosas. Y que volviera con mis compañeros y me olvidase del bicho porque, por el momento, no teníamos nada más de que hablar. Así que mi querida mascota se ha pasado todo el campamento metida en un corral de cabras. Atrapada y sin poder acompañarme a ninguna excursión. Un desperdicio de viaje para un perro al que le encanta seguir rastros. ¡Con la cantidad de conejos y ratones que habrá en esta pradera cuyo olor podría haber perseguido con su hocico pegado al suelo! Pues nada. Que por razones de higiene y de seguridad y, sobre todo, por el bien de mis padres, me quedaba sin perro.

—¡¿Por el bien de mis padres?! —le pregunté sin entender a qué se refería el guarda.

—Claro, porque si el achiperre este muerde a un campista, te pueden poner una denuncia y sacarles los cuartos a tus padres.

—¿Y por qué lo llama achiperre?

—Lo llamo achiperre porque desconozco el nombre específico del trozo de carne con patas que has traído.

—Pues es un perro de raza beagle y se llama Raulito.

—Estupendo. ¡Ven *paquí*, achiperre!

Así que Raulito ha estado prisionero. Privado de libertad. Encarcelado. Y yo sin poder hacer nada para liberarlo. Hasta que ayer, a la hora de la merienda, el GPS y yo nos despistamos del grupo y nos acercamos a la caseta a indagar. Raulito debió de olisquear nuestra presencia y se puso a aullar como un lobo. Nos produjo tanta pena que fuimos hasta la cerca y le abrimos la cancela. ¡No veas cómo meneaba la cola! De un brinco se subió a mi silla y no paró de lametearme toda. Menos mal que no estaba el guarda. A esas horas, como normalmente no se esperan visitas en el campamento, suele tomarse un respiro y se escapa a charlar con los monitores a la cabaña de acogida. Nosotros lo sabíamos y, precisamente por ello, elegimos el momento de la merienda para llevar a cabo la misión.

Taco se había ofrecido voluntario para acompañarnos.

—Déjenme ir con ustedes, güeyes —nos insistió un par de veces.

—No, Taco. Si vamos muchos, podemos llamar la atención. Mejor quédate aquí y si tardamos en volver, nos cubres las espaldas. Si te pregunta Lola por nosotros, dile que me sentía indispuesta y me fui a tumbar a la cabaña.

—Al tiro —nos repuso Taco, como diciendo que vale.

—De vale nada, tía —refunfuñó Begoña—. O sea, que tú te vas con mi novio de paseo tan fresca y se supone que yo me tengo que quedar aquí tan contenta. Estás tú... Qué fe tienes...

Perdimos algo de tiempo en tranquilizar a la Carroña y convencerla de que aquella unión temporal de los dos se limitaba puramente al plano profesional y de que, en lo correspondiente al mundo afectivo, el GPS seguía estando por ella.

—Begoña y GPS están saliendo. Begoña y GPS están saliendo. Begoña y GPS están saliendo —repitió incansablemente el Peripuesto para que no le quedase a Begoña ninguna duda de su fidelidad.

—Bueno, largaos, tía —me dijo—. Pero como colguéis en Tumblr alguna foto de los dos juntitos os cruzo la cara y a mi cumple no venís ninguno de los dos. Y pienso celebrarlo en un sitio bueno, así que vosotros veréis.

—Sí, en un salón de fiestas lujoso y con una actuación de One Direction, ¿no te digo? —le respondí yo para dejar la discusión zanjada.

Por el camino a la caseta fuimos coreando la cancioncilla del campamento. El Montón de Triiiiiiigo... parece un ombliiiiiigo... con forma de hiiiiiiigo..., y cuando terminamos, Gonzalito, sin venir a cuento, me preguntó por mis padres. Muy amable el GPS por interesarse por ellos, no digo que no; pero es que de vez en cuando pega unos saltos de un tema a otro que te deja seco. Yo le respondí que estaban los dos bien. Y entonces quiso saber por qué se habían marchado a Texas. Le expliqué que mi padre trabajaba en una empresa de fragancias, una fábrica donde elaboran los olores para el champú y eso, y que mi madre de vez en cuando viajaba con él para echarle una mano.

—¿Y de qué trabaja tu madre? —me insistió el GPS, que se había obcecado con el tema.

—De traductora —le dije—. Mi madre

traduce del inglés al español a los clientes sudamericanos de mi padre. Y viceversa.

—Traduce inglés. Traduce inglés. Traduce inglés.

—Y español —le recalqué.

—Ah —se quedó pensativo—. Pues debe de ser muy difícil.

—Para mi madre no tanto porque ella, en lugar de traducir lo que la gente dice, traduce lo que según ella deberían haber dicho. Y se queda tan ancha.

—¿Y eso?

—Dice que así se llevan todos de maravilla y salen mejor los negocios.

—Ah.

Terminada esta conversación pude reconducir al GPS al asunto que nos incumbía. Mira Encima Caseta Guarda, le recordé cuando escuchamos los aullidos y liberamos a Raulito. Luego procedimos a inspeccionar el tejado de la caseta. Primero desde abajo; misión nada complicada debido a que el edificio es de tamaño reducido, de escasa altura, y con un tejado a cuatro aguas. De cuatro lados. O sea, cuatro triángulos de tejas cuyos picos se juntan en lo más alto. *¿Sabeloquetedigono?* Pues eso: que desde abajo se veía perfectamente todo el tejado y se notaba que no tenía nada encima. Que estaba lisito. Sin rastro de ninguna caja, bolsa o recoveco que pudiera contener el dichoso papelito. Aun así, Gonzalito decidió apoyar un pie en el poyete de la ventana y trepar por la pared.

—¡Aquí no hay nada! —me gritó después de pasarse un buen rato inspeccionando las tejas de pizarra una a una—. ¡Bajo!

Yo pensaba que descendería por el mismo sitio pero, para mi sorpresa y la de Raulito, pegó un brinco, ¡ale hop!, y aterrizó en el camino como los paracaidistas, con las rodillas flexionadas para aminorar el impacto. Cuando emergió de la nube de polvo que provocó su caída, intercambiamos una mirada y nos encogimos de hombros. ¿Cómo podría estar tan equivocado Anizeto? No nos cuadraba que el detective se hubiera gastado dos euros en sellos sin estar plenamente convencido de que la caseta del guarda era el sitio donde Guillem Martorell y Seguí había ocultado su respuesta amorosa.

—Repite mensaje —me solicitó Gonzalito Peripuesto Sánchez.

—¿Qué mensaje? —le repliqué yo sin saber a cuento de qué venía aquello.

—Mensaje Anizeto. Repite mensaje. Repite mensaje.

—Ya lo sabes: Mira Encima Caseta Guarda.

—A lo mejor lo hemos interpretado mal. A lo mejor *encima* no significa «por arriba».

—¿Qué dices?

—A lo mejor se refiere a otro tipo de encima —empezó a agitarse el GPS.

—Pero, chico, ¿te has vuelto loco? —le rogué que se calmara porque estaba poniéndose como una moto y empezaba a atizarle a la puerta pataditas nerviosas.

—No estoy chundarata. Chundarata no estoy. Es que mi madre trabaja en un laboratorio médico y le he escuchado algunas veces hablar de ellas.

—¿De quién?

—De las encimas que tenemos en el cuerpo. Son bichitos que tenemos dentro. En el estómago o por ahí. A lo mejor el guarda guarda en la caseta una encima de esas.

—¿Qué?

—Que a lo mejor el guarda lleva alguna encima encima y eso es lo que nos pide Anizeto: que se la quitemos.

Era la primera vez en su vida que el Peripuesto repetía una palabra sin que hubiese sido una consecuencia de su autismo. Y lo había hecho dos veces seguidas: guarda guarda y encima encima. Nos dimos cuenta y nos mondamos de risa. Nos desternillamos. Yo me caí de la silla al suelo del ataque que me entró y los dos nos retorcimos por la hierba sin poder aguantarnos las carcajadas. El guarda guarda. Jua, jua, jua... Una encima encima. Jua, jua, jua... Y en eso el cuerpo de Begoña Pómez ocultó el sol y su sombra se proyectó justo encima de nosotros.

—¡Conque habías venido a investigar, ¿verdad?! Muy bonito, los dos retozando por el suelo...

Mira que es desconfiada la tía. Nos había seguido de cerca, escondida detrás de los pinos. Fíjate qué celosa. Yo creo que, como no cambie de actitud, a la Carroña le va a ir muy mal en la vida. Porque si no te fías de tus amigos ¿de quién te vas a fiar? Hay que darle a la gente un margen de confianza. No puedes vivir consumido todo el rato pensando que tus amigos te van a engañar en cuanto te descuides. Porque eso no es así. ¿O es que tú lo harías? Ah, porque si piensas que ellos lo harían porque tú también serías capaz de traicionar a un amigo o a una amiga..., entonces el problema lo tienes tú. Tú eres quien tiene que cambiar y aprender que no se puede engañar a la gente. Pero si tú nunca harías algo tan horrible, ¿por qué vas a pasarte el día sospechando que los demás sí? A lo mejor hay alguno capaz, no te digo yo que no. Pues no te hagas amigo de ese y punto. Porque, según mi madre, los malos son unos pocos y buenas personas hay muchas. Pero, como comprenderás, Begoña no estaba para escuchar sermones; así que le contamos lo del guarda que guarda una encima encima y también le entró a ella la risa. Y entonces, espontáneamente, nos propuso buscar más palabras repetidas para entretenernos.

—Si Drácula oculta algo debajo de su capa... —comenzó ella—. Entonces... ¡es conde y esconde!

—Ji, ji, ji... —nos reímos divertidos.

—Si un toro jovencito mira a una colina... —me animé yo a participar en el juego—. Entonces... ¡el becerro ve cerro!

—Jua, jua, jua... —Los tres rodamos por la hierba sujetándonos la tripa.

—Si un sabio corre muy despacio —aventuró el GPS después de sentarse recostado contra una de las paredes de la caseta—. Entonces... ¡el talento tá lento!

—Jua, jua, jua...

Y así nos pasamos no sé ni cuánto tiempo. Mira, nos dolían ya los músculos de tanta risa. Hasta que de pronto Begoña se puso muy seria, se levantó y clavó su mirada fijamente en los ojos del GPS.

—Muy ocurrente, guapito de cara —le dijo—. Pero tu teoría tiene un problema grave.

—Problema, problema. Grave, grave —repitió Gonzalito sin encontrarle la gracia a la frase de la Carroña.

—No busques gracia alguna. Estoy en serio. Tu teoría del guarda que guarda una encima encima falla.

—¿Y eso?

—Porque la encima de la que tú hablas se escribe con zeta.

—¿Enzima?

—Enzima —confirmó Begoña sin inmutarse—. Mi hermana Montse está en un grupo que se llama Enzima y las Moléculas Digestivas. Ella es la cantante. Han colgado un vídeo en YouTube.

—¿Y son buenas? —me interesé yo, mientras volvía a sentarme en la silla.

—Dan pena.

—Entonces tiene razón Begoña —me volví hacia el GPS—. Tu enzima no puede ser. El Alfabeto de los Aviadores sirve para no confundir palabras parecidas y Anizeto deletreó su encima con ce de Charlie. Echo November Charlie India Mike Alpha. E-N-C-I-M-A. Si hubiera querido referirse a tu enzima, lo habría hecho con zeta de Zulú.

—Pues yo no me marcho de aquí sin antes revisar el interior de la caseta —repuso cabezota el Peripuesto.

—No perdemos nada por ello —corroboró Begoña.

—Estará cerrada con llave —fruncí el ceño, desconfiada.

—A lo mejor no.

Gonzalito giró el pomo de la puerta y esta cedió con un quejido. Poco a poco, la fue empujando sin esfuerzo hasta dejarla abierta de par en par. Y en ese preciso instante comenzó nuestra desgracia. Del oscuro interior del puesto del vigía surgió un gruñido seco que no vaticinaba nada bueno. Un segundo más tarde reconocimos los hocicos de los tres mastines que se acercaban a la carrera atraídos por la luz del día. Mica, Cuarzo y Feldespato nos pasaron por encima. A mí me volcaron la silla, que me cayó encima como el caparazón de una tortuga y me dejó atrapada y con los dientes clavados en el suelo y tragando arena. Al GPS le tiraron de espaldas y a Begoña no le hicieron nada porque se agachó muy astuta para esquivar la embestida. Cuando pudimos incorporarnos

para evaluar los daños, nos dimos cuenta de que los tres perrazos perseguían al bueno de Raulito camino de la montaña. ¡ADM!

—¡Socorrooooooooooooooooooo! —grité yo reventándome los pulmones—. ¡Que se comen a mi perroooooo! ¡Socorrooooooooooo!

—Se comen mi perro. Se comen mi perro. Se comen mi perro. Se comen mi perro.

—¡Socorroooooooooooooooo!

Y ya lo creo que nos socorrieron. Montamos tal escándalo que se personó allí el guarda, Lola, el Conejo y toda la organización del CMT. Al principio alguien debió de pensar que nos habían atracado unos ladrones y se corrió la voz. No te puedes ni imaginar la cantidad de cosas que se dijeron. Cada vez que pasaba la noticia de un campista a otro, la exageración iba en aumento. Se llegó a contar que el mismísimo fantasma de la montañera muerta nos había perseguido y que, sujetándonos de los pelos, nos arrastraba a los tres hacia el infierno. Ya ves tú qué cosas. Bueno, espera, es que no te he descrito tampoco la historia de terror de la montañera que cuentan en Moco Tendido. La verdad es que si la escuchas por la noche, da bastante miedo, ¿eh? Verás. Te recomiendo que apagues la luz y la leas con una linterna.

La Leyenda del Puente Negro

Dicen que, una mañana de tormenta, una pareja de montañeros que intentaba subir al

Montón de Trigo perdió la senda. La nieve empezó a cubrirlo todo y, como les resultaba imposible distinguir el camino entre los pinos, se desorientaron y tiraron en dirección equivocada. Al cabo de varias horas de marcha, cuando amainó el temporal y asomó de nuevo el sol entre las nubes, se encontraron en un valle que no fueron capaces de identificar.

Necesitaban saber dónde quedaba el norte para intentar situar su posición en el mapa y corregir el rumbo. Pero no llevaban brújula. ¿Qué podrían hacer? Entonces la montañera tuvo una buena idea: utilizar el viejo truco del reloj solar. Clavó su bastón en la nieve y se fijó en la sombra que el sol proyectaba en el polvo blanco. Una línea recta de color grisáceo. Sin quitarse el guante, pinchó el dedo en la nieve al final de aquella raya y dejó marcado un punto.

Luego esperó un rato a que la sombra se alejara un poco del puntito (porque no sé si sabías que las sombras se mueven por culpa de que la Tierra da vueltas) y luego volvió a marcar el final de la nueva sombra con otro punto. Luego desclavó el bastón y lo colocó encima de la nieve conectando ambos puntos. Ya tenían una línea recta que les indicaba la dirección este-oeste. Porque la montañera, fíjate qué lista, sabía que el sol sale por el este y se pone por el oeste. Así que el primer punto tenía que estar siempre más cerca del este y el último más cerca del oeste. Y, si tenían la línea este-oeste, con poner otra raya en medio haciendo una cruz ya tenían la línea norte-sur. Así que, de esta manera, se reorientaron.

Pero vuelvo a la historia de terror. Bueno, la noche que nos la contaron yo no abandoné la cabaña ni para hacer pis. Me estuve aguantando; muriéndome de ganas en el saco toda la noche, pero no desabroché la cremallera. La posibilidad de salir al campo en mitad de la oscuridad y toparme con el fantasma de la montañera no resultaba demasiado apetecible. ¡Ni hablar! Mandarina

fue la única que se atrevió a cruzar la pradera hasta el barracón de los baños. Pero lo hizo a la velocidad de la luz. Como aquella noche lucía en el firmamento una luna llena, todas pudimos ver cómo esprintaba sobre la hierba, desaparecía por espacio de diez segundos en los baños, y regresaba a la carrera superando en velocidad al AVE. Y aun así, cuando cerró tras de sí la puerta de la cabaña y se sintió por fin a salvo, Bego le tocó el hombro por detrás y la pobre Mandarina pegó un respingo de aquí te espero. Imagínate. Pero, bueno, ¿dónde nos habíamos quedado? Ah, sí.

Total que, utilizando la técnica de la sombra del palo, la pareja de alpinistas pudo descubrir dónde estaba el norte y adivinar su situación en el mapa. Así cayeron en la cuenta de que, en lugar de haber ascendido al cerro Minguete, se habían desviado hacia el oeste por el collado de Tirobarra y desde allí habían pasado al otro lado del valle, donde están los antiguos corrales de cabras. Junto al camino que lleva a un gran depósito maderero. Rectificaron el rumbo y se pusieron de nuevo en marcha hacia la cumbre del Montón de Trigo. Una decisión muy desafortunada. Lo suyo hubiera sido desistir, regresar a casa e intentar el ascenso otro día con mejores condiciones meteorológicas. Pero ellos decidieron seguir adelante. Con la mala suerte de que, al poco tiempo, los sorprendió otra ventisca. Un vendaval terrible que apenas les permitía distinguir la silueta del compañero a un paso de distancia. Y volvieron a perderse. Pero esta vez entre ellos. El montañero tuvo mejor fortuna porque, al cabo de unas horas de vagar a la intemperie, exhausto y a punto de congelarse por el frío, llegó al refugio del Puente Negro.

Con dificultad se arrastró hasta el interior, que estaba a oscuras, y sacó de su bolsillo la última cerilla que le quedaba. A duras penas encendió una vela. Después amontonó en la chimenea algunas ramas que encontró apiladas en un rincón de la cabaña. Sacó el rollo de papel higiénico que llevaba en la mochila, lo colocó debajo de los palos, y le prendió fuego. Enseguida le llegó el calor de las llamas y empezó a sentirse mejor. Se acostó en el saco y cerró los ojos tratando de conciliar el sueño. Cuando estaba a punto de dormirse le pareció escuchar un ruidillo metálico. Como un quejido. Apuntó su mirada hacia la puerta y notó que el pomo giraba. ¿Sería su novia? Saltó del saco a la carrera, abrió la puerta y gritó: «¡María!, ¡¿eres tú, María?!»... Pero no vio a nadie fuera. Solo la nieve que no paraba de caer y acumularse sobre el terreno. Qué raro, pensó. Tal vez lo hubiera soñado todo. Cerró de nuevo el portón y volvió raudo al saco de dormir. ¡Hacía un frío de aúpa! Seguramente su novia habría encontrado el sendero de regreso y a esta hora dormiría tan a gusto en su casa de San Rafael. Pobrecilla, seguramente era ella la que se preguntaba dónde andaría el montañero. Así que lo mejor era tratar de descansar. Duerme que mañana necesitarás todas las energías para salir de aquí, se dijo, y dejó caer los párpados. A los pocos minutos se repitió la misma escena. Comenzó a moverse la manilla y esta vez le entró miedo. «¡¿Eh, quién anda ahí?! —gritó

sin hallar respuesta—. ¡¡¡¿Estás ahí, María-
aaaaa?!!!». Pero tras sus palabras reinó un silencio sepulcral en el que tan solo pudo escuchar el ruido entrecortado de su propia respiración. ¿Qué hacer? ¿Y si venían a atacarle? Había escuchado la historia de unos

bandoleros que se refugiaban en el bosque y robaban sus pertenencias a los excursionistas. «¡¿María?!». Temblando de miedo acercó sus labios a la madera de la puerta y preguntó con todas sus fuerzas: «¡¡¡¿Eres tú, María-
aaaa?!!!». Nada. «¡¡¡¿Maríaaaaaaaaaaa?!!!». Tampoco en esta ocasión obtuvo respuesta. Agarró un palo para defenderse en caso de peligro y, bastante asustado, empezó a desco-correr el pe-pe-pestillo para abri-bri-brir la pue-pue-puerta. Un, dos, tres... ¡Nadie! Allí no había nadie. «¡¿Quién anda ahí?!», chilló a los cuatro vientos, pero la tremenda ventisca se tragó el eco de sus palabras. No

había nadie, ni tampoco huellas en el suelo. Me lo habré imaginado, se convenció, y corrió de nuevo el pestillo con intención de acostarse. Cerró los ojos y empezó a roncar... hasta que un fuerte impacto en la puerta le despertó de golpe. ¡Pom! «¿Eh, quién es? —preguntó el montañero bañado en sudor frío dentro del saco—. ¿Eres tú-tú, Ma-ma-ma-ría?». Pero nadie le devolvió una respuesta. Al contrario, se produjo un silencio aterrador que luego fue seguido de un nuevo impacto. ¡Pooom! Un estruendo aún más fuerte que el anterior que hizo tambalearse el portón. Era obvio que alguien ahí afuera se proponía echar la puerta abajo. Venían a por él. Tenía que defenderse. El montañero se echó a temblar. ¡Poooom! Y esta vez la puerta cayó al suelo con su centro reventado en astillas. El alpinista reptó como pudo fuera del saco y agarró con firmeza el cuchillo de campo que llevaba colgado al cinto. En el agujero que hasta hacía un instante cubría el portón todo era oscuridad y frío. No había nadie... ¿O sí? De pronto, sobre el fondo blanco de la tormenta, se recortó la silueta de un gigante con una enorme cabeza que se abalanzaba a por él con los brazos amenazadoramente extendidos. El montañero se defendió de la agresión lanzándose contra su enemigo con el puñal por delante. Y los dos se fundieron en un choque desesperado.

Dos días más tarde un guarda encontró a la pareja de montañeros despatarrados en mitad del refugio. Con los ojos abiertos para siempre y la piel moteada por las quemaduras de la congelación. Ambos estaban muertos. ¿Adivinas lo que ocurrió? Si utilizas la deducción como un buen detective, no te supondrá demasiado esfuerzo averiguarlo. Pero, por si las moscas moscones necesitas explicaciones, te lo cuento. Resulta que la montañera trató de abrir la puerta pero no lo consiguió porque su atemorizado novio había echado el pestillo. El forcejeo del pomo despertó al chico pero, como estaba atontado y con la cremallera del saco abrochada hasta arriba, tardó un rato en reaccionar. Para cuando llegó a la puerta, ella ya se había marchado desesperada a buscar una piedra o un tronco con el que armar más ruido o romper el cerrojo. El montañero gritó «¡¿Eres tú, Maríaa?!». Y, aunque su novia apenas se había alejado unos cuantos metros, la chica no pudo oírle porque el viento y la nevada se tragaban todos los ruidos. El vendaval llenaba todos los resquicios del valle con un soplido infernal que no dejaba espacio para ningún otro sonido. Pero, a pesar de que le resultó imposible escuchar a su compañero, a la montañera le pareció ver un destello de luz que salía de la caseta. ¡Han abierto!, se dijo esperanzada, y regresó a la carrera. «¡Eh, Antonio, espera, no cierreeees!». Pero su pie resbaló con una roca helada y cayó de bruces contra una duna de nieve. Para cuando pudo incorporarse y

acercarse al refugio, de nuevo la entrada había sido bloqueada a cal y canto. Movió nerviosa la manilla... sin éxito. Así que decidió caminar en busca de un ariete que le ayudara a echar aquella puerta abajo.

¿Un ariete? Sí, un ariete. ¿Tan rara te parece la palabreja? Me refiero a esa viga enorme con la que los guerreros antiguos, los vikingos y todos esos, reventaban las puertas de los castillos enemigos. ¿No te suena familiar la palabra «ariete»? Piensa un poco. A ver, ¿tú te sabes los signos del Zodíaco? ¿Y no hay uno que se parece a ariete? ¡Aries! Eso es. Vale, pues a ver si recuerdas ahora cuál es el símbolo de Aries. ¿Un toro? Ese es el símbolo de los Tauro. ¿Un cangrejo? Ese lo usan los nacidos bajo el signo de Cáncer. ¿Un carnero? Sí, exacto. ¡Bingo! *Aries* es la palabra latina que los romanos usaban para decir «carnero». Y ¿qué tiene que ver una cabra con un poste de madera? Pues que la viga que utilizaban los guerreros para destrozar las defensas de las fortalezas llevaban en la punta una cabeza de carnero labrada en hierro. Como refuerzo. Igual que el guante que se pone el boxeador para que sus puñetazos resulten más efectivos. Lo demás ya te lo imaginas. ¿O no?

María usó una gran rama de árbol como ariete y tumbó la puerta. Cuando ambos se vieron, el susto resultó escalofriante. Durante el largo tiempo que la montañera había vagado en la tormenta, su mochila había acumulado una enorme cantidad de hielo y nieve que le daban a su silueta el aspecto de un monstruo aterrador. Al principio ella creyó reconocer a su novio y extendió sus brazos para abrazarle. Pero Antonio la confundió con un gigante deforme que quería estrangularle y, mientras se lanzaba a la defensa muerto de miedo, notó que le fallaba el corazón. Al lanzarse contra ella, la luz proveniente de las llamas en la chimenea provocó sombras espectrales en el rostro del chico, que convencieron a María de que aquel, lejos de ser su querido novio, era un vampiro que trataba de arrancarle la sangre del cuello. Y, extenuada por el cansancio, no pudo esquivar el cuchillo que le atravesó de parte a parte. Con un quejido, y aterrada por la presencia de aquel ser del otro mundo, cayó sin vida sobre el muchacho.

Y así termina la leyenda de las dos tumbas levantadas en la Loma de los Ojos. De los montañeros muertos camino del Montón de Trigo. De los fantasmas del refugio del Puente Negro. De la pareja enterrada bajo la cruz de palo que luego resultó ser un altar. ¿Te acuerdas de que los mencionó Pepa el primer día? Hola, me llamo Pepa, pero cuando estornudo me llaman Jesús. Je, je... ¡Menudo caso de niña! Tiene cada una... Yo entonces creí que bajo esas piedras del camino iba a toparme con la muerta del señor Martorell pero... ¡ya ves! ¡Nada! Ni la muerta del padre de Patro, ni la muerta de nadie porque resulta que esa montañera no existió nunca. Como nos explicó la Lola la noche de los relámpagos, la historia se la inventó una monitora para asustar a los campistas. Así que ya ves, querido diario: queda solo un día para que termine el campamento y no he sido capaz de resolver el enigma. Y, para colmo de males, Begoña Carroña, el GPS y yo nos hemos llevado una bronca de espanto por haber liberado a los mastines del guarda. Que cómo se nos pudo ocurrir semejante idea y que vergüenza nos debería dar. Por lo visto, Mica, Cuarzo y Feldespato tardaron seis horas en volver a la caseta. Eso sí, a Raulito no le pillaron. Me llevé un disgusto de espanto cuando el guarda me informó oficialmente de la desaparición definitiva del «achiperre ese» pero, al llegar a mi cabaña, me lo encontré durmiendo encima, no enzima, ¿eh?, de mi colcha. Así que esta noche, sin que sirva de precedente y sin que se entere nadie más que tú que como no tienes labios no puedes hablar, mi perro duerme conmigo. ¡Bieeeen!

Mañana cuando amanezca ya pensaré alguna estrategia para consolar a la señora Patrocinio cuando tenga que comunicarle que el papelito misterioso de su padre no ha aparecido. Algo me tendré que inventar

ANSUSTO

porque la decepción va a ser mayúscula. Descomunal. Desmesurada. Colosal. Formidable. Se va a llevar un chasco terrible. Pobrecilla Patro.

9

Llegué de Granada ya entrada la noche y, aunque me metí en la cama, fui incapaz de conciliar el sueño. Di vueltas y más vueltas. Por alguna razón esperaba que Ruedas me hubiera mandado un mensaje de texto al móvil con el resultado de sus pesquisas. Una simple notita relatándome si había encontrado el dichoso papel Encima De La Caseta Del Guarda. Pero nada. Ni siquiera se le pasó por la cabeza. ¿Qué le hubiera costado? Bib, bib. «Encontrado papelito. Gracias por inestimable ayuda. Eres detective + barato mundo y... ¡el mejor! No puedo decir más. Conejo cerca y en CMT teléfono no permitido. Un besito». Bib, bib. Pero qué va. ¿Tú recibiste algún mensaje de Candela Mosto en tu móvil? Pues yo tampoco. No, hijo, no. Ya me hubiera gustado. Así que esa maldita incertidumbre me tenía en ascuas. Pasé toda la noche en blanco. Inquieto. De

los nervios. No podía evitar martirizarme a preguntas. ¿Y si no le hubiera llegado a Ruedas mi postal? Porque en algunas ocasiones se extravía el correo, ¿lo sabías? ¿Y si Ruedas se hubiese olvidado del código secreto de los aviadores y no hubiera sido capaz de descifrar mi mensaje? Porque a veces a la gente se le olvidan las cosas. ¿No te ha pasado a ti nunca? ¿Y si hubiera recibido la postal y descifrado el mensaje pero luego le hubiera resultado imposible acercarse a la caseta? Porque algunas veces hay motivos que te impiden llevar a cabo lo que te propones. ¿O no? ¿Y si lo hubiera intentado y, al trepar al tejado, los tres perrazos se le hubieran abalanzado encima mordisqueándola entera como si fuera un hueso para el caldo y le hubieran provocado heridas graves de una gravedad gravísima? Porque los mastines tiran bocados como tenazas. ¿No conoces a nadie a quien le haya atacado uno? ¡Caramba! Me estremecí solo de imaginar aquella terrible posibilidad, ya que en mi cabeza conservaba intacto el recuerdo de aquellas fieras corrupias. De aquellas alimañas salvajes que arañaron la carrocería del coche de la familia Mosto con sus afiladas zarpas. Eran tres bestias peludas que el guarda del CMT había bautizado con nombres de minerales. Uno de los mastines, el marrón, se llamaba Cuarzo y los otros... ¿Cuáles eran los nombres de los otros dos? ¿Tú te acuerdas? Algo así como Mirra y Pendescalzo. Sí, eso era: Cuarzo, Mirra y Pendescalzo. ¿Verdad que sí? Desde luego, lo que yo recordaba perfectamente era que sus nombres coincidían con los de los tres minerales que componen las rocas de granito. Esas piedras grises con puntitos negros y manchitas brillantes que tanto abundan en la sierra de Guadarrama. ¿Cuarzo, Mitra y Fendescalpo? ¿Cuarzo, Miska y Perensfato? Bueno, en aquellos momentos daba igual.

En cualquier caso, lo que ocurría era que Ruedas no se había dignado comunicarme si había recuperado o no el documento extraviado de Guillem Martorell. Y esa circunstancia tan adversa me consumía por dentro. Me provocaba acidez en las tripas. Sentía como si se revolviesen culebras dentro de mi estómago. Serpientes de nervios que luego me subían por el esófago y terminaban abandonando mi cuerpo por las orejas. Tenía que actuar. Sin dilación. Cuanto antes mejor. Así que salté como un muelle del colchón... con tan mala fortuna que, al ser el techo de mi dormitorio abuhardillado, no calculé las distancias y me pegué un cocotazo contra la viga de madera. Me salió un chichón que parecía el monte Igueldo de San Sebastián. Y mi calva la playa de La Concha. No sé si has estado alguna vez en esa ciudad pero es muy bonita y se come de maravilla. Bueno, pues mi cabeza parecía una maqueta de Donostia, que así es como llaman a San Sebastián en euskera.

Saqué del cajón una bolsa de plástico con publicidad de comida para gatos de la marca Fishcats, la rellené con cubitos de hielo del congelador y me la coloqué en la cabeza para aliviar el efecto del impacto. Me miré al espejo y me dije: Tormenta de granizo en Donostia. Luego miré por la ventana para ver qué tal día hacía, pero aún estaba todo oscuro, y decidí que no podía quedarme de brazos cruzados. Ruedas iba a permanecer solo una noche más en el campamento y yo necesitaba asegurarme de que el misterio de la señora Patrocinio quedaba resuelto. Aunque solamente fuera para que me pagase y poder recuperar los dos euros en sellos que me gasté en la estafeta de Correos de Granada. Pero ¿qué hacer? ¿Por dónde empezar? Y con estas dudas en el cerebro me pegué una ducha. Cerrando el grifo en los momentos en que me enjabonaba el cuerpo para no desperdiciar el agua.

Luego me sequé o, mejor dicho, intenté secarme. Lo que ocurre es que me compré un juego de toallas que estaba de oferta y las pobrecitas no absorben el agua. Al revés. Les resbala. No sé con qué material estarán elaboradas pero el resultado es peor que tratar de secarte con un impermeable. Una cosa mala. Baratas sí; pero de calidad ínfima. Es lo que decía mi padre, que era taxista y estaba siempre al día porque le contaban todo tipo de cosas los clientes: que muchas veces lo barato sale caro. Ya ves tú las cosas que decía mi padre. Yo hubiera preferido que hubiese dicho cosas del tipo «Haz la maleta, Anizeto, que nos vamos de viaje a conocer las pirámides de Egipto». Pero no. En lugar de eso decía que lo barato sale caro y cosas así. En fin. Qué le vamos a hacer. Por lo menos era un buen tipo y nos queríamos mucho.

Al final tuve que secarme con un trapo de cocina. Luego me vestí y me acomodé en mi mesa de despacho a esperar que amaneciera. Para matar el rato saqué un papel del cajón, tomé en mi mano un bolígrafo de punta fina y me puse a pergeñar un plan. Necesitaba inspiración. Algo que nunca sabes de dónde te puede venir. Y por eso repasé con mi mirada toda la habitación buscando algún objeto que me proporcionase una idea. No sé si me entiendes. Lo que quiero decir es que la mayoría de los inventores han sacado sus creaciones a base de observar lo que los rodea. De ejemplo te pongo un caso, cara de payaso. ¿Has oído hablar alguna vez del velcro? Es un abrefácil de tela que sirve como cremallera. Consiste en dos cintas que se cosen a la ropa, los bolsos o las mochilas. Una de ellas lleva unas púas en forma de anzuelo que, por simple presión, se enganchan a los bucles enmarañados de la otra. El invento se le ocurrió a un ingeniero suizo después de pasear con su perro por el monte. Georges de Mestral, que así se llamaba el tipo, notó que le costaba mucho desenganchar del pelo de su perro los pinchitos de los cardos que se le habían quedado pegados en su caminata por los Alpes. Mi madre los llamaba arrancamoños. A mí se me han enganchado muchas veces cuando he paseado por los prados de Segovia, pero en los calcetines y en los cordones de los zapatos. Y es muy molesto. Pero el inventor suizo, en lugar de quejarse, se puso a estudiar por qué ocurría el fenómeno y se dio cuenta de que los frutos de los cardos tienen púas que terminaban en ganchitos. Y que por ello se engarzaban con facilidad en el pelo de los perros o en el algodón de los pantalones. ¡Velcro!, exclamó el ingeniero cuando dio con la solución al enigma. ¡Velcro! Se conoce que, como hablaba en francés, Georges de Mestral hizo una mezcla entre dos palabras: VELours (que significa «terciopelo») y CROchet (que significa «gancho»). Y así le salió el nombre para la marca de su invento. Velcro: el sistema de cierre con dos cintas que desde entonces utilizamos todos.

Pues lo dicho. Igual que Georges de Mestral, buscaba yo una fuente de inspiración para resolver mi caso con éxito. Y, con tal fin, recorrí pacientemente con la mirada los objetos de mi apartamento. ¿Los calzoncillos tirados en el suelo? No, gracias. ¿La funda de las gafas de sol? No, tampoco me sugería nada. Anda, ¿y esto? Me fijé en el cartel que tenía colgado encima del escritorio. Un letrero de cartón que la doctora Latón me regaló por mi santo y que yo había sujetado en la pared con una chincheta. Un rectángulo negro con letras blancas bien gordas que decía así:

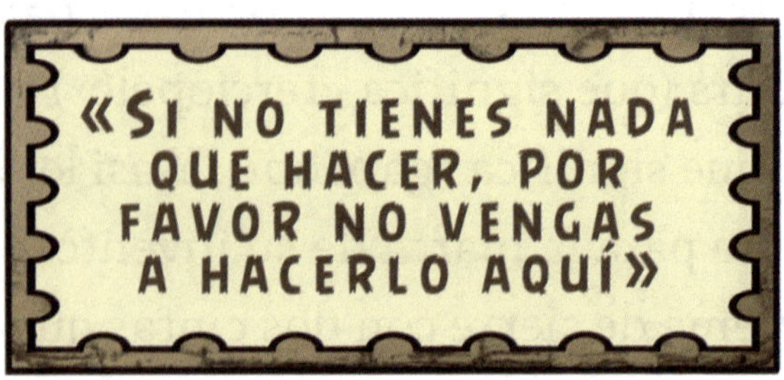

¿Pillas el mensaje? A que mola. Es que hay gente que viene a mi oficina a no hacer nada. A pasar el rato. A perder mi tiempo. Vienen con la disculpa de que quieren saber cuánto cobro por resolver un caso y recabar información general. Pero no es verdad. Lo que ocurre es que están aburridos y se cuelan a cotillear. Yo a estos tipos los tengo bien calados. Se les ve a la legua que no me van a contratar por mucho que yo les venda que soy estupendo.

Durante un rato reposé mi mirada sobre aquel letrero:

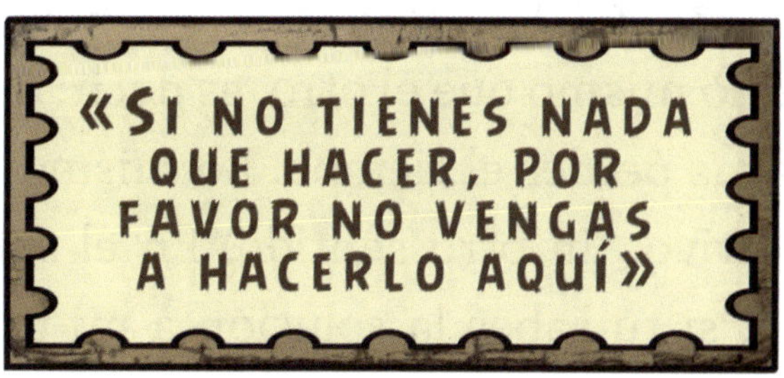

Mi única queja, si es que tenía alguna, era que el mensaje resultaba un poco negativo. ¡No vengas por aquí! No sé cómo decirte... Siempre prefiero aconsejar a mis clientes lo que tienen que hacer, más que indicarles cómo no deberían comportarse, lo que no

deben hacer. O sea: en positivo. Más que rogarles «no coma usted mucho tocino», sugerirles «coma usted bastante fruta». ¿Me sigues? Pues eso. Y fue entonces cuando se me iluminó la mente. ¡Sí! Convertí el letrero en positivo. Le di la vuelta a la tortilla. Puse el pensamiento del cartel del revés y me salió este otro: «Si tienes algo que hacer, por favor hazlo cuanto antes». Que viene a significar lo mismo que el otro, es decir: que no me hagas perder el tiempo. Lo mismo, pero en positivo. En otro sentido. En el sentido de que, si tú sabes la solución a mi problema, sóplamela ya y no me hagas gastar esfuerzos inútilmente. Conclusión: que tenía que ir corriendo a contarle a Ruedas todo lo que sabía, escuchar todo lo que ella hubiera averiguado y resolver juntos el misterio. Así que tomé una determinación: me presentaría de incógnito en el CMT, disfrazado de campista, y ayudaría a mi ayudante a encontrar el papel desaparecido. Sí, ya entiendo que los ayudantes están para ayudarnos a nosotros y no al revés; pero en la vida hay que saber ser flexible y echarle una mano a un ayudante cuando necesite ayuda. O, como diría José: *¿Sabeloquetedigono?*

Comprobé en el reloj que las agujas marcaban las ocho de la mañana. ¡Caramba! Todavía me tocaba aguardar hasta que dieran las diez, hora en que abren en mi ciudad los comercios. Dos horas más. Y con lo cansado que me encontraba corría el peligro de quedarme dormido y echarlo todo a perder. Para evitarlo me puse a jugar a muro/tabique. Es un juego que me he inventado yo y que consiste en dar golpecitos con los nudillos en las paredes. Si suena duro, toc-toc, es que es un muro. Una pared de ladrillo. Parte de la estructura

fundamental de la casa, del esqueleto que hace que se sujete en pie. Si suena hueco, tic-tic, se trata de un tabique. De una pared de escayola. De uno de esos paneles que se utilizan para separar las habitaciones pero que, si lo quitas, no pasa nada. Si tiras un muro, la casa entera se viene abajo. Si derribas un tabique, la casa no se desmorona. Total, que me pasé dos horas dando golpecitos como un pájaro carpintero. Toc-toc, muro. Tic-tic, tabique. Toc-toc, muro. Y así hasta que dieron las diez.

Me puse mi gabardina de la marca Ted Felper (bueno, en realidad era una gabardina vulgar comprada en el mercadillo a la que le había cosido una etiqueta de Ted Felper, la excavadora amarilla, para aparentar) y salí de la oficina. Raudo y veloz. Como un hipopótamo africano, pumba-pumba-pumba, me acerqué a la tienda de disfraces. Cinco minutos más tarde salía del local con un uniforme completo de campista. Pantalones cortos de pana con tirantes, calcetines de lana de esa que pica, chanclas de pescador, camisa color caqui de cazador de leones repleta de bolsillos y un gorro de felpa verde, de estilo tirolés, muy elegante y con una pluma de faisán atravesada. También me compré una peluca rubia de nailon para ocultar mi calva y parecer mucho más jovencito. El plan consistía en presentarme en Fondilleras al caer la noche, cuando todos estuviesen a punto de acostarse, y sacar a Ruedas de su cabaña. El disfraz me valdría para que, si tenía la mala fortuna de ser sorprendido, los monitores pensaran que yo era un niño campista y no levantar sospechas. Para ello, con gran sacrificio de mi corazón, no tuve más remedio que... ¡afeitarme el bigote! Qué horror. Calvo y sin mostacho parecía un huevo hervido. Un troncho de coliflor. El trasero de un bebé. Una lástima. Pero el motivo merecía la pena y, confortado por las sanas intenciones de mi misión, me personé esa misma noche en el CMT. Espera que te cuente.

José, el chófer de Lupita (perdón, de Guadalupe) y de Larry Mosto, me condujo en su coche por el sendero de arena que bordea el río Moros. Viajamos con los faros apagados y a velocidad de tortuga para no llamar la atención. Un acto de prudencia que sin duda nos ayudó a pasar desapercibidos a los ojos de los humanos y, para nuestra sorpresa..., ¡también a los de los animales del bosque!

De hecho, en la penumbra pudimos observar a una familia de jabalís que, en compañía de sus tres bebés de piel moteada, cruzó el camino delante de nosotros para bajar a beber agua en la orilla del riachuelo. Grrrr. Muy monos y muy limpios los jabatos. Grrr. No sé quién habrá difundido la falsa creencia de que los jabalís, los cerdos y todos los animales de ese tipo son unos guarros porque, muy al contrario, José y yo pudimos comprobar que se trataba de criaturas estupendamente aseadas. Lo que ocurre es que se rebozan en el barro para rascarse la espalda porque las patas no les llegan.

—¿No les llegan las patas al suelo? —me preguntó extrañado José.

—No. Las patas no les alcanzan para rascarse la espalda —le corregí yo entre risas.

—Ah, bueno, pues *ajolá* que tenga suerte —me deseó deteniendo el coche junto al embalse del Tejo—. Aquí le dejo. El resto del camino, don Anizeto, tendrá que hacerlo andando. Ánimo que, si *to* sale bien, lo celebraremos a su vuelta con una buena *caballá.*

—¿Montando a caballo?

—No. Comiendo caballas asadas, don Anizeto. ¿No conoce la caballa? Es un pescao que en *Cadi* tomamos con la piriñaca.

—¿Con la Piriñaca? ¿Es una bailaora flamenca?

—No. Piriñaca es un picadillo de pimiento, tomate y cebolla que se aliña con aceite, vinagre y sal. Gloria bendita. No hay *caballá* en condiciones si no se acompaña con una buena piriñaca.

—Ah, pues eso suena muy bien, José —le agradecí sus cariñosas palabras mientras abandonaba sigiloso el vehículo. Excelente. Espero que podamos celebrarlo con caballas a mi regreso. Seguro que están más buenas que las latas de comida de gato de la marca Fishcats que meriendo yo para ahorrar en la compra.

Nos despedimos con un apretón de manos. El chófer quedó en que me esperaría en el mismo punto en que me dejaba y me volvió a desear toda la suerte del mundo. Yo comencé a andar y, en la oscuridad, me tropecé con una zarza que me arañó las pantorrillas. Ay. Seguí hacia delante y tuve que tropezarme un par de veces más para acordarme de que llevaba una linterna en la mochila. Seré tonto. Ya ves tú qué mala memoria tengo. Una linterna nuevecita de esas que tienen tres posiciones: luz blanca, luz roja e intermitente. Total, que la saqué del macuto y prendí la luz. Mucho mejor. Adónde iba a parar. Ante mis ojos quedó perfectamente iluminado el camino hacia el campamento que, en aquellos momentos, se me antojó más largo que el eructo de una jirafa.

Calculé que me quedarían por lo menos veinte minutos hasta llegar a la entrada del CMT y pensé que me convendría llenar la cabeza con algo que me hiciera olvidar todas las sombras sospechosas que aparecían detrás de cada matorral que enfocaba con la linterna. ¿Qué es eso? ¿Eso qué es? ¿Quién se mueve ahí? Ay, qué sobresaltos. Así que me puse a tararear mi canción para ahuyentar otros pensamientos:

A mí me llaman Calzeta
y resulto muy barato,
por menos de cinco euros
yo resuelvo tos los casos.

El de una señora sola
y el de un niño mequetrefe
y el de un gatito sin cola...
sin Cola Cao en la leche.

Lo que ocurre ha sido esto,
lo que ocurre ha sido aquello,
lo que ocurre es lo que ocurre
y el que curre da con ello.

Lo que ocurre es un misterio,
lo que ocurre es lo que pasa,
lo que ocurre es lo que ocurre
y el que curre no fracasa.

A las diez y cuarto de la noche llegué a la entrada del Campamento Montón de Trigo. La caseta estaba cerrada y sin signos de que el guarda se encontrase dentro. Pero yo, por si las moscas moscones, que hay que andar prevenido en todas las ocasiones, me acerqué a atisbar por la ventana. ¡Uffff! Casi muero de un infarto cuando Feldescalzo, o como se llame el perro rubio de la camada, saltó al cristal y pegó un ladrido de espanto.

¡Guau! Tardé un rato en recomponer las fuerzas y, una vez repuesto del susto, avancé cauteloso ocultándome detrás del tronco de los pinos. Iba a seguir avanzando cuando volví sobre mis pasos. ¿Por qué no aprovechar que no había nadie para inspeccionar

por mi cuenta el tejado? «Encima de la vela», decía el acertijo. Pues encima de la caseta de la vela, de la vigilancia, del guarda, me subiría yo a buscar.

Trepé a la ventana y Pendelsfato volvió a ladrarme. Bah, pensé, no puedes hacerme nada. Ladra todo lo que quieras. Y coloqué con esfuerzo mi trasero encima de las tejas. Un empujoncito más y ya estaba de pie. Busqué y rebusqué sin hallar nada. ¿Qué demonios pasaba? Estaba encima de la vela y el papelito no aparecía. Recapacité y caí en la cuenta de que el acertijo tenía una segunda parte: «Debajo de la muerta». Aquello no tenía ni pies ni cabeza. Alguna montaña de las que me rodeaban debía de ser la dichosa Mujer Muerta que había mencionado mi ayudante en su carta.

Escudriñé con atención el horizonte y creí localizarla. Tres montículos seguidos que dibujaban la silueta de un cuerpo tendido. El primer pico hacía de cabeza, el segundo imitaba a las manos que reposaban inertes sobre el estómago y el tercero a los pies. No cabía duda. Pero… ¿cómo diantres iba a estar aquella muerta encima de la vela? No era posible. La montaña no estaba encima de la caseta, sino alejada muchos kilómetros. Y, para estar debajo de la muerta y encima de la vela, el papel tenía que estar en medio de ambas, ¿no? Pero ¿cómo? ¿Flotando suspendido en el aire? Se me puso una pared en medio del cerebro y, como era muro y no tabique, fui incapaz de deshacerme de ella. No conseguía reflexionar con normalidad. Aquel acertijo de Martorell no tenía ni pies ni cabeza. No había por dónde hincarle el diente. ¡Qué desesperación más desesperadamente desesperante! Ay, madre. Pues nada. Decidí bajar e ir en busca de mi

ayudante. Ya regresaríamos luego más tarde juntos, con tranquilidad, para intentar dar con la solución.

Una vez con los pies en la hierba, seguí avanzando con cautela. Al poco llegué al claro que se abría justo enfrente del comedor. En ese instante se levantó algo de aire y me pareció que el viento traía un murmullo. Como voces sueltas mezcladas con alguna risotada. Agucé un poco la vista y, por el reflejo de una luz amarillenta e intermitente en las copas de los árboles, deduje que deberían de estar celebrando un fuego de campamento. Pensé que lo más prudente sería dar un rodeo e intentar una aproximación a la hoguera por la parte de atrás. Oculto entre las jaras para no ser visto. Estupendo. Levanté el pie derecho para ponerme en movimiento y, antes de que el cuerpo pudiera seguir el impulso, una mano me sujetó con firmeza por el pescuezo y me retuvo en seco.

—*Amos*, majo, que llevamos diez minutos esperándote. ¿Y encima no te has puesto el disfraz? Mira que eres desastre, criatura. Hale, *pala* hoguera. Súmate a tus compañeros que nos toca actuar ya.

¿Actuar? Me giré y pude comprobar que un monitor con cara de liebre me indicaba que me colocase al final de una fila formada por seis niños campistas disfrazados de... ¿cigüeñas? Debajo del disfraz reconocí la cara del último de todos: Gonzalito GPS. El niño me miró con desconfianza y, adivinando que algo no cuadraba conmigo, empezó a propinar pataditas nerviosas al aire.

—Tranquilízate, chaval —le susurré al oído cuando me coloqué detrás de él para que no me delatase—. Soy Anizeto Calzeta y he venido a echar una mano a tu amiga

Ruedas.

—Begoña y yo estamos saliendo. Begoña y yo estamos saliendo. Begoña y yo estamos saliendo —me respondió sin conseguir calmarse.

—¿Pasa algo? ¿Está todo bien? —preguntó mosqueado el tipo con cara de conejo.

—Todo maravilloso —le repuse yo poniendo voz de pito para aparentar que era un niño más—. Estamos fenomenal. Mejor que en brazos estamos, señor monitor.

—¡Pues *pala* hoguera!

Por el camino intenté sonsacarle información al GPS, pero sin éxito. Todo lo que alcanzó a contestarme es que Begoña y él estaban saliendo. Y yo: Que ya, que ya, pero ¿dónde está Ruedas? Y él: Anizeto detective, ¿apellido? Anizeto detective, ¿apellido? Calzeta, le susurré yo para ver si se callaba. Pero no. A voz en grito se puso:

—¡Anizeto detective Calzeta, Anizeto detective Calzeta, Anizeto detective Calzeta! ¡Aaaaaahhhh...!

Menos mal que el monitor sabía que a los niños con autismo a veces les da por decir cosas que a nosotros nos parecen incongruentes y no le prestó atención. Menos mal. Y menos mal también que al ratito me reconoció en la fila otro de los campistas: Taco. El amigo mexicano de Ruedas me guiñó un ojo y se colocó detrás de mí para mostrarme que estaba dispuesto a ayudarme.

—No se preocupe por el monitor, güey —me dijo—. Usted le puede llamar Conejo con total libertad porque Conejo resulta ser su verdadero apellido.

—Gracias por esta información tan útil —le agradecí—. Pero ¿me podrías explicar qué está pasando aquí?

—El Conejo le ha confundido con Hilario, un campista regordete que seguramente se ha quedado dormido en la cabaña. Ha tenido suerte.

—¿Y adónde nos dirigimos?

—A actuar. Lo único que tendrá que hacer para que no le sorprenda el Conejo es bailar con nosotros, güey.

—¿Bailar yo? ¿Tú estás loco?

Lo que ocurría era que el Conejo había ensayado, con el grupo de campistas que estaban disfrazados de... ¿cigüeñas? un numerito de baile para el fuego de campamento. Se conoce que, al ser esta la última noche en CMT, cada grupo iba a realizar

una actuación delante de la hoguera. Unos habían preparado canciones, otros trucos de magia, otros iban a contar chistes... y a los campistas del Conejo les había tocado coreografiar una composición de Agapito Marazuela. ¡¿Que no sabes quién fue Agapito Marazuela?! ¡Por favor! No saber quién
fue Agapito Marazuela es peor que ir de turismo a Segovia y confundir la iglesia de San Martín con la catedral. Peor que hacerle ascos al cochinillo. ¡Por favor! Agapito Marazuela ha sido el músico más grande de todos los tiempos. Y no tocaba el piano. No. Ni tocaba el saxofón. No. ¿Sabes cuál era el instrumento que tocaba Agapito? Una botella de anís con una cuchara. Como te lo cuento. Rascaba los puntitos del cristal para arriba y para abajo con el cubierto. Y cantaba a ritmo de jota. Marazuela era un monstruo y tocaba también de maravilla la dulzaina. Ti-

roríííí, tiroríííí, tirorí-tirorí-tirorerooo... ¿Ves qué bien suena? Seguro que tú has oído alguna vez una dulzaina. Es como una flauta con botones y se llama así porque produce un sonido muy dulce. Pero, bueno, déjame que te siga contando la historia.

Llegué con la fila de campistas disfrazados de... ¿cigüeñas? hasta el lugar donde se celebraba el fuego de campamento. Los monitores habían colocado un escenario de madera a escasos metros de la gran hoguera. Frente a ella, sentados en el suelo en forma de medio círculo, calculé que habría por lo menos doscientos niños. Todos sonreían y aplaudían a rabiar al número que acababa de terminar en escena y que era... ¡Espera! ¡Pero si quien saludaba en medio de la pista era... Ruedas! Mi ayudante se había disfrazado de heladera. De conductora de camión de los helados. Qué ocurrente. Con cartón y pintura se había fabricado el camión y, sentada en la silla, parecía que iba conduciendo por el escenario.

Tilín, tilín, tilín, tocaba la campanita del camión mientras se despedía de sus compañeros.

—Gracias. Muchas gracias. ¡Heladoooo!
¡Hay bombón heladoooo! Adiós y gracias.

Una monitora se acercó al centro del escenario y felicitó a mi amiga por su brillante puesta en escena. Se congratuló de que hasta ese momento el nivel de todos los intérpretes hubiera resultado excepcional y solicitó al público asistente que se preparase para tocar bien fuerte las palmas con el siguiente número.

—Y ahora, con todos vosotros, campistas del Montón de Trigo, el grupo folclórico El Conejo y sus... Cigüeñas. Pido un fuerte aplauso para todos ellos, que van a interpretar una composición del ilustre Agapito Marazuela.

O sea, que sí, que había acertado de pleno: los campistas iban disfrazados de cigüeñas. Toma castaña. El Conejo sacó de alguna parte una dulzaina y, utilizándola como

puntero, nos fue indicando a cada uno la posición que debíamos adoptar en el escenario. Aquí. Allí. Más allá. Hasta que estuvimos todos colocados a su gusto y entonces él se situó junto a la gran hoguera en que ardían troncos enteros de árbol. Se dobló hacia delante por la cintura para recibir los calurosos aplausos del público y se giró muy serio hacia nosotros utilizando ahora la dulzaina como batuta para marcar el compás de la canción: un dos tres, un dos tres, un dos tres... Luego se llevó a los labios la dulzaina, tiroríííí, tiroríííí... y nos hizo un gesto con las cejas para que arrancásemos. Entonces mis obedientes compañeros se pusieron a cantar y a bailar.

Yo me quedé eclipsado
con la cigüeña
que estaba de batalla
con la culebra.

Cómo la picotea,
cómo revolotea,
cómo le tiende el ala
sobre la arena,
pica en el verde,
pica en la arena,
pica en los picos
de mi morena.

Hay que ver la cigüeña
cuánto nos vale,
si no fuera por ella,

cualquiera sabe.
Nos quita los reptiles
de los caminos
y nos mata los bichos
que son dañinos.

Yo no sabía ni qué cantar ni para dónde tirar. Trataba de seguir la letra, pero iba siempre por detrás. Desfasado. Cuando yo repetía «que estaba de batalla», ellos ya habían terminado de recitar «con la culebra». Trataba de seguirles los pasos del baile y los gestos, pero la mitad me salían del revés y, no sé cómo me las arreglaba, que siempre daba las vueltas en dirección contraria. Cuando todos cantaban «cómo la picotea», se agachaban y simulaban que el pico hurgaba en la tierra. Cuando recitaban «cómo revolotea», se ponían de puntillas y agitaban sus brazos doblados por los codos como si fueran a echar a volar. Yo les seguía el ritmo lo mejor que podía, pero me resultaba imposible sincronizarme con sus movimientos. Y pensé: Esto es el final. Me van a descubrir. Me van a pillar. Alguien me va a arrancar de cuajo la peluca rubia de nailon y se va a acabar todo. Y encima, por mi culpa le va a caer a Ruedas una regañina de espanto. Pero lo que ocurre es que pasó algo inesperado. Cada vez que yo me equivocaba, los campistas y los monitores se echaban a reír. En cada error que cometía me regalaban una risotada. Cada vez más grande. Hasta que, cuando todos mis compañeros se agacharon a picotear al suelo y yo, despistado, me puse de puntillas a volar con los brazos, el público asistente prorrumpió en un fortísimo aplauso. Les encantaba el número. Se pensaban que estaba preparado y que yo hacía el papel de payaso. Que teníamos pactado que yo haría justo lo contrario a los demás para provocar la risa. Que era una actuación cómica.

Cómo la picotea..., y yo de puntillas agitaba los brazos.

Cómo revolotea..., y yo me agachaba y picoteaba el suelo.

Pica en el verde..., y yo picaba en la arena.

Pica en la arena..., y yo picaba en la hierba.

Y ja, ja, ja, ja. Venga todo el mundo a partirse de risa conmigo. Fue un éxito tremendo. El mayor que he tenido en toda mi vida. Los campistas, que en verdad se creían que yo era el niño gordito que se había quedado dormido en la cabaña, empezaron a corear mi supuesto nombre: ¡Hilaaario! ¡Hilaaaario! ¡Hilaaaaario! Y yo venga a equivocarme; esta vez ya a propósito, pues, cuanto más torpes resultaban mis pasos, más gracia le causaba al personal.

Terminó la actuación y, al acercarse a felicitarme personalmente, Ruedas me reconoció y casi le da un espasmo. Se quedó turulata. Obnubilada. Patidifusa. Pero fue lo suficientemente inteligente como para que no se le notase la sorpresa y disimuló de maravilla.

—Muchas gracias, Hilario —me dijo—. Espero que nos veamos pronto.

—Muy pronto —le contesté yo.

Y un montón de voces volvió a corear mi nombre. ¡Hilaaaario! Tuve que saludar varias veces hasta que el Conejo me retiró de un empujón diciendo que ya estaba bien y que teníamos que dejar sitio para el siguiente número. Aproveché la confusión del cambio de actuaciones para salirme del claro y ocultarme otra vez en la maleza. Y allí permanecí por espacio de unas horas en espera de que todo el mundo se acostase. Debí de quedarme dormido porque me despertó el ruido de una lechuza. Abrí los ojos y vi que en el cielo brillaba una luna casi llena. No redonda del todo, pero bastante crecida. Una noticia estupenda porque la luz natural nos facilitaría la búsqueda del documento perdido. Y abriendo la boca de tanto en tanto para dejar escapar un bostezo, me dirigí a Fondilleras.

Enseguida localicé la cabaña de Ruedas. La puerta estaba sin candado. Menos mal. Empujé la madera despacito para no hacer ruido y me acerqué a la cama de mi ayudante.

—Ruedas... Despierta. Soy yo.

—¿Eh? —musitó la niña dando la vuelta a su cabeza en la almohada.

—Soy Anizeto. Despierta.

—¿Qué haces aquí?

—He venido a bailar La Cigüeña de Agapito Marazuela. ¿Ya no te acuerdas?

Salí afuera y esperé a que Ruedas se vistiera para poder acompañarme. Cuando por fin asomó por la puerta nos dimos un abrazo efusivo. Y tres besos. Uno en la mejilla derecha, muá. Otro en la mejilla izquierda, muá. Y un tercero de nuevo en la mejilla derecha, y requetemuá. Y sin más dilación nos pusimos al día en las noticias que cada uno conocíamos.

—Así que los dos hemos buscado encima de la vela sin éxito, ¿eh? —dije al fin pensativo.

—Así es. Algo falla.

—Bueno, volvamos a la caseta y tratemos de concentrarnos en lo que nos quiere decir el señor Guillem Martorell en su acertijo.

Y así lo hicimos.

Guau, guau, guau, nos ladraron los tres mastines desde el interior de la caseta.

—Mica, Cuarzo, Feldespato. Tranquilos, que no pasa nada —les susurró Ruedas para intentar calmarlos y que no delatasen nuestra presencia.

—¡Feldespato! ¡Eso era! —exclamé yo recordando por fin el nombre del mineral que forma parte del granito.

Wuf, rebufó feliz Raulito, que nos había seguido desde la cabaña.

—Calla tú, achiperre —le recriminó Ruedas—. ¿No ves que vas a agitar a las bestias?

—¿Achiperre? —le pregunté yo extrañado.

—Así es como llama a Raulito el guarda y tengo que reconocer que tiene su gracia —acarició la niña a su perrillo encogiéndose de hombros.

—Achiperre —repetí yo llevándome la mano pensativo al bigote... Bueno, al labio superior en donde debería tener un mostacho si no me lo hubiese afeitado para disfrazarme de campista—. A-chi-pe-rre. Umm... Tengo que mirar esa palabreja en internet.

Decidimos alejarnos un poco de la caseta y observarla con gran detención. Hacer lo que hacen los grandes detectives en momentos de incertidumbre: repasar todas las pistas.

—¿Qué ves? —le pregunté a mi ayudante.

—Una caseta de piedra con un tejado de pizarra.

—Vale. Concentrémonos en el tejado puesto que sabemos que el papelito debería estar allá arriba. ¿Qué ves?

—Un tejado de cuatro lados. Cuatro triángulos iguales que se juntan en lo más alto.

—Vale. ¿Y qué más?

—Nada más —me repuso Ruedas a punto de desesperarse.

—Concéntrate. ¿Qué más ves?

—Una chimenea.

—Muy bien, pues descríbela.

—Es una chimenea de piedra. Nada más.

—No pierdas la paciencia —insistí—. Descríbeme esa chimenea con todos los detalles.

—Es un conducto de piedra de un metro más o menos de altura.

—Vale. ¿Y qué más?

—Encima tiene un tejadillo.

—Sí, el sombrerete. ¿Y cómo es ese sombrerete?

—Es de piedra.

—Pero ¿cómo está construido, Ruedas?

—Han puesto cuatro ladrillos, uno en cada punta del conducto rectangular, para que hagan de columnas, y encima le han colocado una piedra tallada.

—O sea —recapacité—, que la chimenea tiene un hueco entre el tubo y el sombrerete.

—Sí, como si fuese una ventanita rectangular por donde sale el humo.

—Correcto —le repuse intuyendo que de alguna manera estábamos a punto de hacer algún descubrimiento importante—. Y, dime una cosa: ¿puedes ver algo a través de esa ventanita?

—El cielo, supongo.

—¿Supones o lo ves? —la castigué con una nueva pregunta.

—Ah... En realidad, veo las montañas.

—¡Las montañas! —pegué un grito—. ¿No estarás viendo la Mujer Muerta?

—Oh —soltó ella un suspiro ahogado—. No, no veo la Mujer Muerta porque estoy apuntando en dirección contraria pero...

—... si nos movemos al otro lado de la caseta —continué yo sin dar crédito a lo que estaba sucediendo—, seguro que en la ventanita aparece la Mujer Muerta.

Corrimos a situarnos en el lado opuesto de la caseta. Como dos hipopótamos. Bueno, más bien como un hipopótamo y una gacela con patines. Y nos quedamos atónitos ante lo que contemplaron nuestros ojos. Encima de la vela, a través del agujero que se abría entre la chimenea y su sombrerete, aparecieron silueteadas en la distancia las tres montañas que formaban la Mujer Muerta.

—¡Tiene que estar dentro de la chimenea!

—¡Encima de la vela y debajo de la muerta!

Trepé a la ventana. Cuarzo, Mica y Feldespato pegaban bocados inútiles contra el cristal con la esperanza de arrancarme los pantalones. Subí al tejado y me agarré a la chimenea. Introduje mi mano a través del ventanuco del sombrerete y palpé el interior del conducto. ¡Eureka! Mis dedos encontraron un agujero labrado en la pared del tiro y, en su interior, una bolsa de plástico. La agarré con todas mis fuerzas, me la metí en el bolsillo de los pantalones cortos de tirantes y salté desde el tejado a la hierba. Me pegué un morrón de narices pero, tan emocionado estaba que no sentí daño alguno. Me temblaban las manos. El cuerpo entero me temblaba cuando abrí la bolsa y descubrí una cuartilla de papel amarilleado por los años con un texto escrito a bolígrafo que decía: «15 de julio de 1945. Yo, don Guillem Martorell y Seguí, nacido en la Font de la Pólvora, Girona, padre de la señorita Patrocinio Martorell García Matilla, declaro que...». AM (Ay Madre). Casi me da un infarto.

La señora Patrocinio nos recibió a Ruedas, a la doctora Latón y a mí en su casa. Estaba francamente emocionada por las noticias y nos había preparado una merendola de espanto. Bollos de todos los tipos, pastas, jamón de york, huevo hilado y batidos de chocolate. Un manjar de reyes. Al rato se presentó también su amiga Tiburcia, que confesó excitada que no quería perderse por nada del mundo ese momento tan especial... ni esos tocinitos de cielo tan ricos. Terminamos con la comida y nos sentamos todos en los sillones del salón, que eran de terciopelo bueno. Después de pegar un par de suspiros, mi clienta me pidió que le entregase el documento. Lo saqué de la carpeta azul con gomas en el que lo había introducido para protegerlo y se lo coloqué en la mano. Antes de leerlo, la señora Patrocinio le dio un beso y lo estrujó contra su pecho.

Ruedas y yo vimos cómo dos lagrimones le recorrían las mejillas.

—A ver si va usted a mojar el papel con las lágrimas —le comenté yo algo nervioso—. Que como se corra la tinta ya no va a poder leerlo. Con lo que nos ha costado encontrarlo...

—Ssssssh —me recriminó Elena Latón rogándome que guardara silencio.

—Ya, ya —protesté—. Pero es que como no pueda leer el papel, no me paga los cinco euros y pierdo los dos que invertí en Granada en sellos.

La Patro reaccionó ante mis temores y, acercándose a mi oído, me susurró una noticia que me dejó patidifuso. Menudo bombazo. Vaya notición. Ruedas y la doctora me lanzaron una mirada interrogante a la espera de una explicación a mi cara de asombro. Iba a hacerlo, pero por respeto a la Patro, que calzándose las gafas de ver de cerca empezó por fin a leer el mensaje con voz temblorosa, silencioso abrí la boca.

«15 de julio de 1945. Yo, don Guillem Martorell y Seguí, nacido en la Font de la Pólvora, Girona, padre de la señorita Patrocinio Martorell García Matilla, declaro que SÍ la quiero. Y, para que conste a todos los efectos, firmo en Segovia en el día y mes de la fecha arriba indicados».

A la señora Patrocinio le entró tal emoción, que se le atragantó el bollo. Aggg. Comenzó a hacer ruidos extraños y su rostro se puso de color morado. Le fallaba la respiración. Se ahogaba. Se moría del impacto. Ruedas reaccionó a toda velocidad, colocó su silla detrás de la Patro y, agarrándola fuerte por la cintura, le practicó la maniobra de Heimlich que había aprendido en el CMT. ¡Pom! Un puñetazo seco en la barriga y el trozo de cruasán atragantado salió disparado por la boca y se pegó en el techo. Allí se mantuvo quieto unos segundos, adherido al gotelé, para luego caer en picado… en la boca de Raulito, que atinó a cazarlo al vuelo. Elena corrió a la cocina a por un vaso de agua y se lo dio a la señora Patrocinio junto con un analgésico.

—Es un medicamento de perro que siempre llevo en mi botiquín de veterinaria.

—Huy… —se extrañó la Patro.

—No tiene que preocuparse —la tranquilizó la doctora Latón—. Muchas medicinas de perros son iguales que las de los humanos. La única diferencia es que salen más baratas.

La Patro ingirió el medicamento y al poco se sintió mucho mejor.

—Mi padre sí que me quería —nos comentó con la voz entrecortada—. Mi padre…

Pero no pudo proseguir porque rompió a llorar a borbotones. El momento resultó tan intenso que enseguida Elena Latón y la señora Patrocinio acompañaron a la viejecilla también con su llanto. Luego se les sumó Ruedas. Y al poco se me escaparon a mí también unos gimoteos. A moco tendido lloramos los cinco. La señora Patrocinio, Tiburcia, Elena, Ruedas y yo llorábamos de alegría. Porque la felicidad también se puede mostrar con lágrimas. Lo que ocurre es que, eso sí, ellas y yo llorábamos por motivos diversos. Las cuatro féminas lo hacían por la felicidad que les producía el hecho de que la señora Patrocinio hubiera confirmado al fin que su padre la quería. Yo, sin embargo, lloraba de emoción al recordar la noticia que me había musitado al oído la viejecilla millonaria.

ASTON MARTIN
ANFELIZ

«Señor Calzeta —me dijo Tiburcia—, le estoy tan agradecida por haberle alegrado la vida a mi amiga Patro que le regalo el Aston Martin. Quédese usted con mi coche deportivo porque yo a mi edad ya no puedo conducirlo. Y prométame que lo utilizará para resolver misterios y hacer felices a otras personas». ¿Te imaginas? ¿Yo, un detective con poco pelo, pero con cochazo? Estaba tan ilusionado que se me olvidó presentarle a la señora Patrocinio la factura de los cinco euros y salí de allí con coche pero sin dinero para gasolina. Pero eso era lo de menos. ¡Un descapotable rojo! Me moría de ganas por que nos saliera a Ruedas y a mí cuanto antes un nuevo caso para poder utilizarlo.

Aquí acaba este libro
escrito, ilustrado, diseñado, editado, impreso
por personas que aman los libros.
Aquí acaba este libro que tú has leído,
el libro que ya eres.